# BOCAS DE MEL E FEL

# NILZA REZENDE

# BOCAS DE MEL E FEL

EDITORA RECORD
RIO DE JANEIRO • SÃO PAULO
2011

CIP-BRASIL. CATALOGAÇÃO-NA-FONTE
SINDICATO NACIONAL DOS EDITORES DE LIVROS, RJ

Rezende, Nilza
R356b   Bocas de mel e fel / Nilza Rezende. – Rio de Janeiro: Record, 2011.

ISBN 978-85-01-09517-6

1. Romance brasileiro. I. Título.

11-4823
CDD: 869.93
CDU: 821.134.3(81)-3

Copyright © by Nilza Rezende, 2011

Capa: Flávia Castro

Fotos da capa e da autora: Pedro Farina

Composição de miolo: Abreu's System

Texto revisado segundo o novo Acordo Ortográfico da Língua Portuguesa.

Direitos exclusivos desta edição reservados pela
EDITORA RECORD LTDA.
Rua Argentina, 171 – 20921-380 – Rio de Janeiro, RJ – Tel.: 2585-2000

Impresso no Brasil

ISBN 978-85-01-09517-6

Seja um leitor preferencial Record.
Cadastre-se e receba informações sobre nossos lançamentos e nossas promoções.

Atendimento e venda direta ao leitor:
mdireto@record.com.br ou (21) 2585-2002.

*Para venir a lo que no gustas,*
*has de ir por donde no gustas.*
*Para venir a lo que no sabes*
*has de ir por donde no sabes.*
*Para venir a lo que no posees*
*has de ir por donde no posees.*
*Para venir a lo que no eres,*
*has de ir por donde no eres.*

São João da Cruz

# I

Fazia um silêncio absurdo naquele quarto. Não se ouvia o canto de passarinhos. Também não se ouvia o assobio da cigarra que costumava cantar nos fins das tardes de verão, quando eu caminhava do curso de francês em direção à casa. Não se ouvia barulho de carro. Nem algum grito de vizinhos, o choro de uma criança, o rádio do porteiro. Nem o motor do elevador, nem campainhas — de porta ou telefone. Não se ouvia música: nem rock nem bossa-nova. Não se ouvia a voz do vassoureiro, que volta e meia cruzava o bairro. Nem o amolador de facas. Não se ouvia o hino nacional cantado pelas crianças da escola ao lado. Nem a voz alegre delas na hora do recreio. Não se ouvia o sino da igreja. Não se ouvia nada. Fazia silêncio — assim como faz frio, assim como faz calor. Um silêncio intransponível, um silêncio que eu nunca sentira, quase um silêncio cruel. Um silêncio que parecia levar minha vida embora.

Mas, como um raio que corta o céu de ponta a ponta numa tarde ensolarada, uma voz caiu sobre o silêncio do quarto. Era Antonio. Antonio estava ali. Como era possível? Quem lhe teria dito? De que forma teria sabido?

Rapidamente fiz as contas — ainda consegui fazer contas, senhores —, e as contas mostravam: não era o dia, nem era a hora. Tínhamos combinado — e o combinado sempre fora cumprido — o encontro se daria de sete em sete anos. Não importasse por quê, não importasse onde, não importasse como. Pudesse acontecer o que fosse, pudesse a vida virar de pernas para o ar, nossos encontros seriam assim, de sete em sete anos — não mais, não menos.

Mas agora ali estava Antonio, fugindo à regra, justo ele, a trair o pacto, um pacto cumprido à risca, muito mais por mim do que por ele, que volta e meia tentava quebrar o combinado, antecipando a data, o que eu sempre recusei: "Ou é como é, ou não é, você sabe."

— Como está você? — perguntou Antonio junto à cabeceira da cama. Quis responder; quis, mas obviamente não respondi. Os olhos azuis, olhos que me diziam tudo, olhos que me sabiam tanto, ali estavam, o mesmo olhar desde o primeiro encontro, o mesmo olhar de tantos outros encontros, aqueles olhos eram muito naquele momento, impossível responder-lhes.

— Querida — disse-me ele —, querida — essa palavra, senhores, que nós fizemos questão de banalizar, como tantas outras, usando-a para nos dirigir a qualquer um, mesmo àqueles que não nos são caros, usando-a como uma ferramenta qualquer (bom dia, boa tarde, boa noite, tudo bem?); por que, senhores, por que insistimos em destruir o que uma palavra tem de mais sagrado, seu significado, sua aura? — Querida — foi o que ele me disse, assim, pela primeira vez em público, desconsiderando todos os tratos, rompendo todos os acordos — querida — ele repetiu, sem medo de ser piegas, sem medo de ser romântico, sendo o que sempre foi, usando as palavras feito uma criança, usando as palavras para dizer com elas o que queria, usando as palavras para dizer com elas o que sentia, — querida, eu estou aqui.

Talvez, se eu pudesse falar, talvez imediatamente lhe teria perguntado, perguntado não, inquirido a Antonio, o que fazia ele ali. Talvez tivesse, com a minha arrogância, com a minha prepotência de "advogada brilhante", talvez... talvez não, certamente, senhores, teria perguntado a Antonio por que ele tinha vindo, quem o tinha chamado, ele sabia tanto quanto eu, independentemente do que estivesse acontecendo, não era tempo nem lugar, não era para ser. Ali estariam — e estavam — vários, ou pelo menos alguns, de minha família, que era também família dele, nós, primos, primos de primeiro grau, a mãe de um irmã da mãe de outro, afilhados cada um da mãe e do pai do outro, ali estaria a nossa família, certamente, porque família, mesmo que não se encontre nos momentos do bem, há de se encontrar nos momentos do mal, e diante da família, que certamente se surpreenderia com a presença de Antonio, teríamos que tornar público o que anos a fio era privado, era particular, era secreto.

Provavelmente eu diria, repetiria, a Antonio — dizer uma só vez quase sempre não basta, insistimos em falar uma segunda vez, réplica, tréplica a nosso favor, uma maneira de garantir que o outro entenda a mensagem exatamente da forma como queremos que ele entenda —, eu diria que ele não deveria estar ali — "deveria": como se estar em algum lugar fosse uma ação, certa ou errada, um ato, legítimo ou ilegítimo —, ele não "deveria", porque nós não "deveríamos", nós, primos de primeiro grau, filhos de irmãs, afilhados do pai e da mãe do outro, nós não poderíamos agora, depois de tantos anos, revelar aquilo que escondemos pela vida afora, ficarmos nus em praça pública — não havia fotógrafo que justificasse tal pose.

É quase certo que naquele momento eu me envergonhava — não ocultarei dos senhores minha pequenez, mesmo naquelas circunstâncias (sem roupa e sem maquiagem, certamente com olheiras e ainda mais magra), ainda assim prevalecia em mim a sensação de superioridade que me levava, mesmo naquelas circunstâncias, a me envergonhar, eu, "uma advogada brilhante", título a que me acostumei durante toda a vida, aposto identificador ao meu nome, ter-me envolvido com um comerciante — é isso que diria minha família (e talvez eu mesma), "ter-se envolvido", eles jamais pensariam que eu pudesse ter amado e amar, eu, "uma advogada brilhante", "uma mulher de conteúdo vasto e rico", "uma mulher viajada", "uma mulher bem-sucedida" envolver-se com um interiorano — está certo, diriam, gente como a gente, gente de bem e, além disso, homem bonito — mas isso, senhores, é pouco, é insuficiente: um comerciante de uma cidade do interior é — e sempre será — um comerciante de uma cidade do interior, um homem que ocupa seu dia — e muitas vezes sua noite —, vendendo cervejas a bêbados e maltrapilhos com a barriga encostada em um balcão, provavelmente velho e úmido e, entre garrafas amareladas, talvez ele mesmo se transforme em bêbado ou maltrapilho, um cachaceiro na linguagem popular, sem nada com que se preocupar, nada para pensar, nada para fazer. "Esse homem não serve para você", é o que diriam, repetiriam, "é um homem insignificante" — mesmo sem conhecer o homem, mesmo sem saber o que pensa, o que sente, para eles, Antonio continuava a ser a criança (pobre) do interior que vinha alegrar as férias das crianças (ricas) da cidade. Um homem sem patrimônio, um homem sem títulos, um homem comum — e o que vale um "homem comum", senhores?

"Insignificante", a palavra que ouvi quando resolvi compartilhar meu primeiro encantamento por um homem — a menina escolheu cuidadosamente a hora, a hora em que a mãe estaria do outro lado, e assim, protegida, julgava ela, protegida pela porta do banheiro e pelo barulho da água do chuveiro, seria capaz de vencer a timidez e ter coragem — não tanta, mas suficiente — para contar à mãe a novidade, certa de que a novidade era uma dessas coisas que precisam ser ditas rapidamente, ditas de uma só vez, sem interrupção, sob pena de nunca serem reveladas: "Mãe, eu estou apaixonada." Talvez, confusa entre a voz da menina, a água caindo e os pensamentos que nos distraem no banho, ou ainda achando que a informação fosse algo de mais valor, a mãe fechou a torneira, o barulho da água silenciou e a menina se viu obrigada a prosseguir a confissão — sim, senhores, creiam, doía-me como uma confissão: "Mãe" (perdoa-me, não sou quem gostarias que eu fosse, perdoa-me, não amo quem gostarias que eu amasse), "é o Antonio." Imediatamente, a água do chuveiro voltou a cair e ouvi sons, sons entrecortados, dos quais só depreendi a palavra que nunca mais me largou, palavra que parecia já ter nascido em mim, cicatriz, ferida, sinal, a palavra daquela manhã, e pior, daquele homem: "insignificante" — insignificante, terrível adjetivo esse, seis sílabas capazes de estraçalhar um sentimento, um amor, um encantamento, "insignificante", o que presta e o que não presta, o que vale e o que não vale, o que significa e o que não significa. Como pode uma só palavra fixar o lugar de um homem? Como pode uma só palavra definir um sentimento? As palavras, senhores, as palavras são feito crianças: elas não têm piedade.

Aquele homem que estava agora à minha frente, tantos anos depois, era, desde tantos anos antes, "insignificante", "insignificante" segundo os valores de uma família tradicional, da qual eu era cria, representante, símbolo — família que saiu de um lugarejo do interior (tal qual o comerciante — afinal, a mãe de um era irmã da mãe de outro), mas que, apesar de, "apesar de", venceu na cidade grande — "venceu", como se viver na cidade grande fosse vencer, ao contrário dos que ficam no interior, os perdedores e medíocres, os que não têm ambição, os acomodados, passivos, covardes, os frustrados e fracassados, os que moram num local onde não se exibem filmes franceses, não há teatros nem galerias, nem sequer há jornais — interior, lugar dos covardes e dos fracos, dos que não tiveram coragem de partir, dos que se contentam na melhor das hipóteses com o clube, churrasco, futebol, cerveja e sexo, não necessariamente nessa ordem — um sexo aliás "quase animal", posto que sem prossecos, kama sutra, requintes —, e assim, comparando, inconscientemente ou não, titulares a reservas, interioranos a urbanos, vencedores a perdedores, eu concluiria, senhores, eu certamente concluiria que de fato um integrante de uma família que "venceu" não pode enroscar suas pernas, sua alma, sua vida, em um integrante da família que "perdeu" ("insignificantes" eles): em time que está ganhando não se mexe.

Com medo, com muito medo da opinião alheia — ah, como somos tolos, senhores — medo do julgamento dos outros, medo da família, essa instituição a que atribuímos tanto valor, como se pudesse nos levar ao tribunal, fogueira, juízo final, com medo e uma ridícula necessidade de autopreservação e valoração, mesmo em circunstâncias quase subumanas (os leitos dos hospitais nos igualam), se pudesse falar, talvez — talvez não, certamente, senhores — eu teria mandado Antonio embora, eu o teria expulsado dali, agressivamente expulsado, o homem que não era advogado nem era brilhante, o homem que não era empresário nem intelectual, o homem que não "significava" nada — mesmo sendo esse homem o homem que pontuou minha vida —, mesmo assim, eu teria expulsado Antonio, como um cão impertinente, uma cadela teimosa que fica a nos farejar inconvenientemente no lugar e na hora errada, a nos cheirar as calças, cachorro a que repelimos, de início um pouco constrangidos, depois, sem cerimônia: passa pra lá, cachorro nojento, tirem esse cachorro daqui, ele me constrange.

Mas, sem palavras e sem o poder que elas nos delegam, tive que me conter e simplesmente ouvir:

— Querida, eu estou aqui.

Um mal-estar me tomou por inteiro.

— Deve ser reação da anestesia — disse a enfermeira —, vou colocar mais analgésico e antitérmico.

Mal sabia ela que a febre era efeito imediato de meu incômodo diante da presença do homem "insignificante" junto a amigos que eu julgava tão importantes, rivais criados por mim mesma; meu mal-estar certamente era resultado daquele incômodo: as palavras não ditas, as meias-verdades.

Pois Antonio e eu, desde o primeiro encontro, tínhamos decidido que as mentiras, de qualquer espécie e grandeza, seriam "terminantemente" — como diria meu pai, também um advogado brilhante — proibidas, nosso amor — sim, amor — seria capaz de dispensar todas as mentiras, até as pequenas e ridículas dissimulações, coisas sem a menor importância, mentirinhas jogadas ao vento, iguais àquelas que dizemos quando despertamos sem muito interesse pela vida e buscamos encurtar a conversa com atalhos tolos, mas úteis: "hoje não posso ir", "quem sabe?", "talvez amanhã", mesmo quando sabemos — e quase sempre sabemos — que o que temos a dizer é simplesmente "sim" ou "não".

A vida — não, a vida não, senhores, devo buscar a precisão, ainda mais agora — meus encontros com Antonio eram feitos de sinceridade, de honestidade, se é que essas palavras ainda podem ser entendidas em seus sentidos latos, denotativos. Por mais diferenças que houvesse — e havia —, acreditem, o amor era sincero.

Mas o que importa isso agora? A quem interessa o passado? Até das fotografias nos desfazemos, não há espaço para lembranças.

O fato é que tínhamos decidido, eu e Antonio, viver uma história diferente das histórias que se vivem por aí, histórias comuns, a torto e a direito, nós queríamos uma outra história, uma história sem compromissos, uma história sem fim — que ingenuidade a nossa —, talvez porque soubéssemos — não é difícil perceber, senhores — que o cotidiano impõe mentiras, o cotidiano impõe traições, dissimulações, impõe palavras que não se quer dizer, o cotidiano impõe palavras que não se quer ouvir. E, para que tudo fosse como desejávamos, uma história encantada, uma história pura — "pura", vejam só — urgente e imprescindível o anonimato: abolir os espectadores, não contar a ninguém — nem à família, sobretudo à família: família não sabe guardar segredos, aliás, segredos não foram feitos para serem guardados, cada palavra de um segredo, envolta em sua tiara proibida, se torna infinitamente mais tentadora, tentadora e perigosa, ainda mais quando o segredo diz respeito a pessoas da família (primos de primeiro grau, por exemplo), mais vontade têm essas palavras de sair boca afora e ganhar o mundo —, por isso era preciso, era absolutamente necessário, que fizéssemos um esforço — e fizemos — para fechar, fechar é pouco, para lacrar a boca — não sugerir nenhuma interjeição, suspiro, novidade, não expressar os sentimentos que nos arrebatavam com tanta força, não deixar pistas, por menores que fossem, sobretudo eu, que vivo — vivia, aliás — por conta das palavras, sempre buscando lhes dar alguma forma, eu precisava impedi-las de se soltar, eu precisava impedi-las de se articular, eu não poderia correr o risco de deixar as palavras soltas — as palavras, senhores, as palavras não têm limites, elas se exibem feito vagabundas, sem cerimônia; impulsivas, espalham-se de ouvido a ouvido, rapidamente.

Precisávamos manter nossa história trancafiada, para que, fixada em um espaço, tempo, modo, delimitada por linhas, mesmo que imaginárias, verdes ou amarelas — não importa —, a paixão pudesse resistir: sem plateia, explicações, análises, críticas, comentários, o amor, piegas ou não, o amor, ingênuo ou não, o amor poderia resistir — resistir às diferenças, à insegurança, ao ciúme, o amor, resistir, resistir à inveja, às traições, injúrias e difamações, sem comentaristas, deixado à margem, sossegado, o amor poderia atravessar tempestades e bonanças, dias e noites, o amor — perdão, senhores, pelas antíteses, mas o que é o amor senão um paradoxo? — o amor poderia se revelar, cabalisticamente, abrindo e fechando ciclos — primavera, verão, outono, inverno — feito grão, o amor germinaria. E resistiria.

Nosso amor seria assim: um córrego que acompanha o rio sem jamais encontrá-lo, nunca se fundir e confundir em suas águas, a ninguém incomodaríamos, nem a nós mesmos, a ninguém nossos encontros perturbariam, cada um levaria sua vida, sem sustos e sobressaltos, cada um seria do jeito que é, e uma vez a cada sete anos, um dia só (muitas vezes, uma hora só), nós nos daríamos direito ao prazer, prazer de nos ver e rever, prazer de nos tocar, prazer de amar. Por que, senhores, por que desperdiçar o que nos faz bem?

Ali estava Antonio, ao meu lado, publicamente, e eu não podia mais lhe dizer que prefiro os ipês-roxos aos amarelos.

Os ipês. Os ipês-roxos e amarelos, os mesmos ipês que coincidentemente eu avistava pela janela do quarto do hospital, os mesmos ipês, ipês-roxos e amarelos.

Eu tinha vinte anos. Era o mês de julho. Chovia e fazia frio. Tínhamos combinado — combinado muitos anos antes, é importante lembrar — que naquele dia, exatamente naquele dia, nós nos encontraríamos. Ninguém confirmaria, falaria nada. Não seria preciso. Estava escrito, e se eu fosse um pouco mais romântica — como Antonio —, diria que estava escrito nas estrelas. Se a memória do primeiro encontro ainda persistisse, a ponto de nenhum dos dois precisar ser lembrado, estaríamos ali, no mesmo lugar, entre os ipês-roxos e os ipês-amarelos, no morro mais alto da fazenda vizinha à casa onde passávamos as férias, "o clube", como chamávamos naquela época, sete anos antes. E assim foi.

A tarde caía, a tarde ia e a noite vinha, sincronicamente como sempre, e a noite era de lua cheia, lua que nasceu fogo por trás das montanhas, e a lua vindo, primeiro encoberta por nuvens — estava um céu arroxeado com riscas vermelhas —, depois, majestosa — como diriam os "advogados brilhantes" —, voltando-se sobre a lagoa, iluminando a casa de madeira e o quarto onde brincávamos quando crianças, nós e outros primos, nós e os ipês-roxos e amarelos, os mesmos ipês, agora já maiores e mais belos, e as margaridinhas espalhadas pelo chão, o vento no bambuzal, coqueiros, palmeiras e o som do quero-quero, bem-te-vi, uma ou outra vaca mugindo, a cadela prenha uivando, sons tão diferentes dos sons da cidade, sons da minha infância, os pássaros, e ao mesmo tempo o silêncio da mata, o sol se pondo, a lua vindo, o cavalo, as andorinhas, os ipês, os ipês-amarelos, os mesmos da foto já esbranquiçada que guardei na caixa do vestido de babados, os ipês, os ipês-roxos envolvendo a pedra, a pedra onde havíamos gravado as iniciais dos nossos nomes: Irene e Antonio, o i e o a, duas simples vogais, Irene e Antonio, primos, primos de primeiro grau, vivendo uma história de amor proibida, proibida por nós mesmos, que aos vinte anos acreditávamos nas regras sociais, na família, nas convenções — e quando deixamos de acreditar, naturalmente, senhores, já não havia como contemplar a lua sobre a lagoa.

Ainda me lembro — chego a ouvir sua voz —, Antonio me perguntou se eu estava bem, disse que sim, ele disse "que bom que você não se esqueceu do nosso encontro", "nunca eu iria me esquecer", "tinha medo de que você se esquecesse", "por quê?", "você deve ter muitas coisas para fazer", "não tantas assim", "a sua vida deve ser muito corrida", "depende do dia", "cidade grande é bem diferente de cidade pequena", "que importa?", "que bom que chegou o dia", "é, chegou".

E naquele momento Antonio me abraçou e eu — bem, melhor não entrar em detalhes, senhores, não quero ser acusada de causar constrangimentos, mas as lembranças, as lembranças, senhores, as lembranças nos assaltam, as lembranças nos invadem, nos tomam e, por mais que tentemos interrompê-las, expulsá-las, as lembranças insistem, elas não se intimidam, as lembranças são intrusas, sem educação, elas não pedem licença, as lembranças, eu e Antonio juntos, os primos, primos de primeiro grau, quase irmãos, incesto, nós que éramos um passado, um passado e um beijo, um beijo, um beijo e um encantamento, nós que éramos um encantamento e uma promessa, nós, agora ali, sob os ipês-roxos e amarelos, amarelo era também o meu vestidinho sete anos antes, ele, de calça curta, ainda um menino de pernas finas, agora um homem, um homem e uma mulher, um pedindo o corpo do outro, um pedindo e o outro dando, o amor, o amor acontecendo, naturalmente, beijos misturados a palavras, palavras truncadas, sussurradas, gemidas — ah, as palavras de amor, que sabor elas têm, as palavras de amor, que sabor e que perfume elas têm, as palavras de amor purificam.

Talvez os senhores estranhem que eu, deitada naquela cama, naquele momento e naquelas circunstâncias, pensasse em tais coisas, mas lhes digo: pensava, pensamos em muitas coisas — tememos a morte quando somos felizes, e somos capazes de rir diante de nossos mortos — tragédia e comédia se aliam feito irmãs — e mesmo naquela hora, ali, vulnerável a todas as dores, dores e tristezas, eu reconheço, senhores, quisesse eu ou não, as imagens me vinham, naquele quarto, naquele quarto branco de hospital, me vinham os ipês-roxos e amarelos, o cheiro de mato, vinha, a lua sobre a lagoa, vinha, o corpo de Antonio, vinha, seus braços compridos e finos, vinham, sua boca, sua boca sobre meu corpo, vinha, vinham os cabelos, vinham, as mãos de Antonio, quisesse eu ou não, as lembranças rompem dia, rompem noite, tanto faz, com ou sem aviso, as lembranças chegam — e pensando agora, senhores, melhor que fosse assim: antes o passado que o futuro.

Revendo o encontro, como um delírio — terá sido um delírio? —, tive vontade de dizer que aquele foi um dos grandes momentos da minha vida, não sei por que nunca disse, nunca disse isso a ninguém, nunca disse a Antonio — por que, senhores, por que não usamos as palavras para expressar as nossas emoções, os nossos melhores dias, as melhores lembranças? O afeto, aprisionado em nome de quê?

— Tudo vai ficar bem — ouvi Antonio dizer —, vai ficar bem, querida.

Queria poder dizer a Antonio que eu sabia perfeitamente o que aquela expressão significava, eu também costumava usá-la para clientes à véspera de julgamentos cujo resultado desfavorável eu antevia. Mas, sem poder dizer nada, ouvi o barulho da chuva que começava a cair.

Delicadamente, Antonio passou a mão sobre meu rosto. — Querida, disse ainda mais uma vez.

Alguns segundos depois, ouvi seus passos.

Nunca mais vou poder dizer a Antonio que prefiro os ipês-roxos aos amarelos. Nunca mais.

## II

Não sei se Pablo chegou a encontrar Antonio nesse dia. Creiam, senhores, evitei durante todo esse tempo que Pablo e Antonio se encontrassem. Era como se esse encontro pudesse revelar a cada um deles uma mulher que eles não conheciam. A cada um deles entreguei uma parte de mim — "oh pedaço de mim" —, o pedaço que cada um poderia ver, tocar, conhecer. O resto, o que não poderia ser compartilhado, decifrado, nem por um nem por outro, eu abriguei sob longos casacos, tranquei em baús secretos. Não foram poucas, no entanto, as vezes em que vi uma mulher que tentava desmanchar uma teia, mas se enrolava em seus fios, tecendo redes que não conseguia desembaralhar. Encurralada, ela ouvia uma voz que se repetia num eco torturante: "Quem é você? Quem é você?" Eu nunca soube o que se escondia, se eram pérolas ou traças — ou pérolas e traças —, eu não sabia, e, assim, tentava adivinhar que face cada um dos meus dois homens queria que eu oferecesse — e espero aqui não chocá-los, uma mulher que chama seus homens de "meus homens" pode ser confundida com uma prostituta, uma vagabunda, uma mulher qualquer, mas ouso dizer que as palavras nunca me assustaram, durante toda a minha vida eu as dominei, as palavras, subjuguei-as, fiz com elas o que quis, usei-as, gastei-as, derrubei-as, joguei-as ao chão, soltei-as ao vento, soterrei-as, mal sabia eu o que viria pela frente, mal sabia eu que um dia elas se vingariam, uma a uma, as palavras, que força têm as palavras.

Nesse dia, mal Antonio saiu — eu me lembro bem —, Pablo chegou. Repito: não sei se Pablo e Antonio chegaram a se encontrar no hospital. Talvez sim, talvez estivessem tão confusos, abalados (pretensão minha?), que, mesmo que se encontrassem, não se reconheceriam. Pablo e Antonio poucas vezes se viram: Pablo não costumava ir às festas de família, Antonio também não. Nesse dia, é possível, é possível, mas não provável, que Pablo tenha cumprimentado Antonio com um rápido movimento de cabeça, aquele que fazemos quando cruzamos com colegas de trabalho (ok, eu sei que você existe, ok, trabalhamos na mesma empresa, ok, eu aceito — mais por conveniência que por gentileza —, eu aceito lhe fazer um cumprimento, mas sejamos breves, um rápido aperto de mão, um sorriso curto, um piscar de olhos, uma palavra qualquer, de preferência sejamos monossilábicos), ou quando esbarramos com algum conhecido no elevador (balançar a cabeça e imediatamente desviar o olhar, mirar em qualquer coisa, qualquer coisa que nos desfoque do outro, seus cabelos oleosos, suas rugas, sua testa grande, talvez um cacoete, um suor escorrendo pela camisa — provável e indesejável sinal de descontrole) —, não queremos ser tocados nem pelos ombros nem pela respiração do outro, não queremos ser tocados pelos problemas alheios, não queremos ser percebidos — os outros podem, com suas lentes de aumento invisíveis (todo olhar é uma câmera fotográfica), eles podem nos enxergar, eles podem enxergar nossa alma, eles podem vislumbrar nossa mais pura infelicidade. Viremos o rosto, é mais seguro.

Ou talvez Antonio tenha visto Pablo e rapidamente eles desviaram o rumo, feito velhos amigos que se encontram pela rua e imediatamente arranjam um jeito de cruzar a avenida, olhar para o outro lado, afastarem-se, evitando assim as lembranças e a dura, sempre dura, constatação de que o tempo não hesita, voa.

Pablo entrou no quarto sem olhar para mim, a essa hora bastante fraca — a enfermeira me tinha sentado na cama e um fisioterapeuta me forçava a inspirar e expirar, repetidas vezes, o que eu fazia com um evidente cansaço e má vontade. Os aparelhos produziam um som insuportável, tal qual o velho relógio da sala de jantar da casa da minha avó. Pablo ficou em pé, próximo à janela, num nervosismo que seria evidente até por qualquer uma de suas alunas recém-chegadas à universidade: o professor gaguejaria, suas mãos tremeriam, um intervalo seria dado para que o mestre pudesse fumar um cigarro e retomar o ponto. O nervosismo, sabemos, causa aos professores um enorme desconforto, o nervosismo os expõe a alunos ávidos a lhes apontar o dedo, suas falhas: rei nu, rei posto.

"Um homem não chora porque aprende cedo que é preciso não olhar para trás", foi o que Pablo me disse, ali, no hospital, o professor repetiu o verso da música francesa que ele me traduzira na primeira vez em que fui à sua casa.

Naquela época, eu era sua aluna em um curso de direito internacional, uma aluna absolutamente encantada pelo mestre que, nascido na Argentina, já percorrera boa parte do mundo, recolhendo paisagens que ele volta e meia trazia para a sala de aula, como um guia entusiasmado, disposto a mostrar aos visitantes cada detalhe do passeio.

O "cidadão do mundo" me fascinou, eu, cria de uma família que fazia da casa o porto seguro — "o bom filho a casa torna" —, eu, acostumada a repetir itinerários, a visitar lugares já conhecidos, a interditar o desconhecido — desconhecido, lugar de perigos —, eu não poderia deixar de sentir um encanto — encanto é pouco, uma fascinação — pelo estrangeiro, o homem sem amarras, o aventureiro, o homem de que não se sabe de onde veio nem para onde vai. Pablo era o outro, o que invejamos, o que desejamos ser.

Desde o primeiro dia de aula, o professor me tentara. Não precisamente seu corpo (Pablo era bem mais velho que os homens sentados ao meu lado, mas tinha um jeito de alisar os braços com a mão, que me seduzia), o professor me atraía pelas palavras que usava, cruzando informações teóricas com experiências, arte e vida, teoria e prática. Borges, ele citava Borges, e eu volta e meia me via entrando pela biblioteca de Babel do escritor argentino, querendo percorrer Buenos Aires, ver os rouxinóis pelos telhados da cidade, acompanhar o Aleph. Buenos Aires, *mi Buenos Aires querida.*

Seduzida, tendo como pretexto uma pesquisa de fim de curso, perguntei ao mestre se ele poderia me "conceder" uma entrevista — não sei por que usei essa palavra, às vezes usamos palavras ridículas, palavras que expõem toda a nossa fragilidade, que bom seria se pudéssemos voltar atrás, apagar o que dissemos, escolher um novo repertório, mas as palavras, senhores, as palavras não são tolerantes: "vale o escrito". O professor respondeu:

— Sim, eu concedo — ele disse "concedo" com um tom levemente irônico, o que me fez crer que ele também achou minha escolha ridícula —, amanhã às nove, em minha casa, aqui está o endereço. O professor estendeu seu cartão: Pablo Hernandez.

Ainda me lembro bem: Pablo tanto me perturbara que eu ficara sem saber se nosso encontro seria pela manhã ou à noite. Na dúvida, às nove da manhã, estava eu em sua casa com um pequeno gravador e algumas folhas de papel em branco. O professor Hernandez, conforme anunciara o porteiro, me abriu a porta, não como um acadêmico, mas como um homem de rua, um boêmio que se reúne no bar da esquina com amigos para falar bobagens. De bermuda, sem camisa e sem os óculos que lhe garantiam um ar intelectual, ele me perguntou:

— Você? Agora? — Sobressaltada, me sentindo como uma menina diante de um deus todo-poderoso, respondi:

— Não era agora?

— Não, mas pode ser — respondeu ele —, como é mesmo o seu nome?

O sol entrava pela janela, ampla e descortinada, e a música francesa se encarregava de quebrar qualquer tom bucólico que uma manhã de maio pudesse sugerir.

— Gosta? — ele me perguntou já vestido de professor.

— Sim — respondi, ocultando que meu conhecimento não passava de uma ou duas canções de Aznavour.

— Estou ainda sob o efeito de Paris — disse-me ele.

A música tocava alto e o professor me traduziu alguns versos — um deles escreveu em um guardanapo de papel, que recolhi com a alegria de quem obtém um autógrafo: "Um homem não chora porque aprende cedo a não olhar para trás."

— E então, sobre o que você quer me entrevistar e por quê?

Respondi que pesquisava a imagem do professor universitário e que gostaria de saber o que ele achava da profissão. O professor sorriu:

— Logo eu?

Não entendi a ironia, e ele pareceu também não lhe dar muita importância, pois começou a falar da "importância de ressignificar no mundo contemporâneo a função da educação e do professor". Liguei o gravador e ouvi. Ouvi, confesso, sem prestar atenção, muito mais interessada no sotaque portenho que na opinião do mestre. No final da "aula", o professor me ofereceu um café. Então, sob o efeito de *L'amour c'est comme un jour,* uma das poucas músicas francesas que eu conhecia e que viria a ouvir uma infinidade de outras vezes, numa manhã fria, apesar do sol, sem mais nem por quê, assim, gratuitamente, como diria meu pai, "um crime sem nenhuma justificativa" (como, aliás, a vida: os cachorros latem, os escritores escrevem, os advogados advogam, os criminosos matam, as mulheres se apaixonam), assim, sem qualquer justificativa, ofereci meu corpo ao mestre — precipitadamente ou não —, eu, uma mulher bem mais jovem do que ele, eu, a aluna, não hesitei em dizer ao professor que estava apaixonada por ele.

— O amor é uma invenção literária — respondeu Pablo —, não fantasie, Irene.

E com essas palavras, o professor Hernandez me levou até a porta e sem nuances colocou a aluna para fora de sala:

— *Hasta la vuelta, Irene, hasta la vuelta.*

Só anos depois reencontrei Pablo, não mais na sala de aula, mas nos corredores do fórum. O professor exercia agora sua profissão de advogado, "a universidade é um rito de passagem para os que querem fazer direito, eles acham que só vão aprender algo nos escritórios, engravatados", justificou-se. Eu também já tinha deixado os bancos escolares e a essa altura já era uma advogada em ascensão. Mas isso, senhores, pouco importa: não foi nossa afinidade profissional que nos aproximou — ou afastou. Inútil buscar respostas para o que talvez não se explique: por que alguém nos seduz? Por que alguém nos encanta, desperta nossa sensibilidade, nos provoca? Aquele homem me encantara no passado; agora, ali estava eu novamente despertada por suas palavras, por sua voz, por sua capacidade de articular as ideias. A imagem de um homem mais velho, de um homem que eu julgava saber mais do que eu, um homem que já percorrera o mundo, um homem que já vivera em diferentes países, um homem que devia ter cruzado com muitas mulheres e sido amado por um punhado delas, um homem "interessante" — esse adjetivo impreciso, com tantos sentidos e por isso mesmo sem nenhum sentido, que nos serve tão bem para caracterizar o encantamento que não se explica — me excitava.

— Eu me lembro de você — Pablo disse —, a aluna que acreditava nos professores.

Ainda não sei o que Pablo quis dizer com aquela definição, aliás, nunca soube — não temos o hábito de perguntar sobre o que não entendemos: sussurros, cochichos, palavras, frases de sentido ambíguo, comentários imprecisos, melhor deixá-los passar, eles podem nos dizer o que não gostaríamos de ouvir, eles podem nos dizer o que não gostaríamos de saber — seremos tão queridos como julgamos ser? —, as palavras, senhores, as palavras não têm compaixão.

— Aceita um café? — foi o convite que o mestre me fez.

Fomos a um pequeno bar próximo ao tribunal, um lugar absolutamente desprovido de charme, mas talvez um cenário perfeito para quem aprecia ambientes em seu estado bruto, embora também idolatre Paris. Entre advogados e juízes, eu olhava o professor e sentia que ele me olhava. Não me olhava como um homem em geral olha uma mulher. Pablo me olhava como um cientista diante do seu objeto de pesquisa, afoito por saber que material se escondia ali, olhava-me como um leitor que enfim tem nas mãos o livro que o atraiu semanas na vitrine, Pablo me olhava com o interesse de quem experimenta uma sensação inédita: o pescador em alto-mar a lançar a primeira rede da noite, um piloto em sua primeira aterrissagem, o menino diante da árvore de Natal, o escritor ao receber os primeiros exemplares impressos. Pablo me olhava com os olhos de quem pisa em terra estrangeira, admirável mundo novo: detalhes, paisagens, flores vermelhas, cores, pessoas — um turista que caminha por uma ponte interrompe seu trajeto para observar o movimento das águas; da ponte, ele acompanha atentamente o curso do rio, enquanto por ele passa uma mulher, às pressas: nascida ali, para ela a paisagem é natureza morta.

— Onde estão os livros? — perguntei quando de volta à sua casa, já obviamente em outro endereço.

— Dei.

— Todos?

— Todos, não sou de ficar contando velhas histórias, a vida não é um plano de aula que se repete uma, duas, três vezes, Irene — respondeu.

Logo percebi que o professor não se desfizera apenas dos livros, eu não reconhecia ali nenhum objeto que tivesse visto há alguns anos. "Um homem não chora porque se acostuma cedo a não olhar para trás" pensei. Também não ouvimos música francesa.

Naquela ocasião, foi dele a iniciativa, e eu, por um lado surpresa, por outro desejando surpreendê-lo, neguei-o.

— Por que você me mandou embora aquele dia?

— Que importância tem isso? — ele retrucou —, faz tempo.

— Se você não me quisesse, poderia ter marcado a entrevista em outro lugar que não sua casa, na universidade, por exemplo.

— Por que voltar ao que passou? — disse o mestre — Tão importante quanto lembrar é esquecer.

— O certo, então, é se desfazer de tudo: livros, pessoas, países? — retruquei.

— Já disse, não carrego bagagens, mas pelo visto você não larga as suas.

Pablo parecia adivinhar quem eu era (era?): as memórias sempre me puxaram, me arrastaram, me fazendo voltar ao mesmo ponto, como num picadeiro do circo, os cavalos correndo, correndo, e eu na arquibancada, girando com eles, no picadeiro, os cavalos corriam, o cavalo branco, correndo, e eu acompanhando, o cavalo branco, lindo, correndo, o cavalo correndo, lindo, branco, e de repente, o circo para, a treinadora chora, silêncio na arquibancada, não há mais palhaço, não há trapezista, o cavalo não corre, não há engolidor de fogo, o cavalo parou, não há dançarinos, o cavalo morreu, silêncio, as luzes se apagam, as crianças arregalam os olhos, a lona abaixa, o cavalo, no meio do picadeiro, o cavalo não gira, interrompida a sessão, o cavalo caiu, o cavalo quebrou o pescoço, o cavalo morreu — iria eu também me desequilibrar no picadeiro, girando, quebrando o pescoço, morrendo feito o cavalo branco?

O globo da morte sempre deixou minhas mãos geladas.

Voltei à casa de Pablo outras vezes. Eu não sabia nada daquele homem, não sabia quem eram seus pais, os seus amores, as suas lembranças, eu não conhecia a sua história — história, aliás, que ele não fazia a menor questão de contar. Pablo era a paisagem desconhecida, a cidade onde não reconhecemos nada, nenhuma casa, nenhuma escola, nenhuma rua, nada nos é familiar; lugar a que desejamos pertencer, povo a que queremos nos misturar — e fazemos todo o esforço para isso, mas o sotaque é teimoso e insiste em nos denunciar. Talvez não por acaso Pablo se excitava me nomeando ora de Izabelle, Nadine, Paola, Clara — como se desejasse que a cada hora eu fosse uma mulher, as mulheres que ele conhecera ou as que ele haveria de conhecer. Eu não me importava: diferentes personagens tornavam o enredo mais excitante.

Vivíamos assim, nós, visitantes de nós mesmos, turistas percorrendo extensas galerias: de uma tela observam a cor; de outra, a textura; aquela vale pelo traço; a outra, pela moldura, imagens fragmentadas, sombras que escondem detalhes — às cegas, éramos assim, turistas um do outro.

Até que — perdão, senhores, se dou um salto na história, mas sei que não há tempo para tantos detalhes, a vida é breve — Pablo me perguntou se eu queria morar com ele. O professor — ou o advogado, pouco importa — não me perguntou se eu queria me casar com ele, ou se eu queria ser sua mulher, ele não me perguntou se eu queria viver com ele, ele escolheu "morar".

— Vem morar aqui — foi o que ele me disse.

— Você tem certeza? — perguntei. — Dividir a vida?

— Eu não sou um professor autoritário — respondeu ele, sorrindo.

Fiquei feliz, acreditando que, percorrendo diariamente aquela região, acabaria por conhecer suas esquinas, eu aprenderia a hora em que poderia me expor e a hora em que deveria me recolher, eu romperia o cordão de isolamento e faria aquele território meu.

A fusão, no entanto, nunca aconteceu. Pablo e eu vivemos sempre em estado de alerta, armados, mesmo na cama — não se preocupem, senhores, serei discreta, esse erro não cometerei (não aqui) —, hoje desconfio que essa interdição era o que nos mantinha juntos: o desconhecido nos atiça. Uma necessidade desesperada de conhecer o outro, quase uma obsessão, aflita obsessão, vencer a solidão, essa angústia, pertencer ao mundo alheio, conquistá-lo. Por que precisamos tanto, senhores, por que precisamos tanto dominar o outro? Será através das batidas do coração alheio que ouvimos as nossas?

Contudo, nem dividindo a mesma casa, nem mesmo sabendo como o outro acorda — se de mau ou bom humor —, a camisa que escolhe — branca ou azul-marinho —, a música que ouve, os telefonemas que dá, nem acompanhando sua manhã — se abre ou não a janela —, o que escolhe para tomar no café, as palavras que diz, nem observando seus pés, nem controlando o tempo de seu banho, acompanhando seu olhar, as sobrancelhas arqueadas, vendo os livros que lê, nem fazendo amor, senhores — ou o que se costuma chamar de "fazer amor" —, nem assim consegui penetrar naquelas terras — fronteiras, mesmo que sem cercas, não se confundem.

Noites havia em que Pablo e eu nem nos tocávamos, numa intimidação mútua. Era como se de um lado estivesse um muçulmano, do outro, um cristão; ou de um lado um mendigo, de outro, uma mulher que pisa forte com seu salto alto; ou ainda, os jovens arquitetos idealistas que apresentam o projeto de revitalização de um prédio a moradores pobres e cansados que querem tomar caldo de feijão, os arquitetos detalham as fachadas, os moradores só ouvem *funk*, os arquitetos pensam nas jardineiras, a mulher, nas fraldas da criança, a arquiteta mostra a animação em três dimensões, o recém-nascido passa de mão em mão, a arquiteta é elegante, as crianças, descalças, as arquitetas descrevem espaços multimídia, as crianças limpam o nariz — revitalizar a vida, mas qual?

É preciso, no entanto, que eu reconheça: junto ao estranhamento, havia um outro movimento. O arco e a lira. O professor me seduzia. Tal qual a menina de Clarice, eu era fascinada pela sua ambiguidade — "seu olhar era pata macia e pesada sobre mim". Um dia, nós nos queríamos loucamente; no outro, nos repudiávamos. Era como se tivéssemos medo: medo de nos aproximarmos e nos encontrarmos, medo de nos perdermos e nunca mais nos acharmos.

Vivemos juntos por muitos anos, vivemos, mas vivemos também separados por muitos anos.

Nossos programas de viagem nunca eram cumpridos. Pablo antecipava os retornos; era como se não suportasse a presença de uma mesma pessoa em sua vida, nem que fosse apenas por um dia. Ele parecia sempre sentir falta de algo, de um lugar — conhecido na véspera ou nunca visitado —, de uma pessoa — querida ou estranha. Faltava algo e era impossível preencher essa ausência.

Sim, senhores, algumas vezes nos ofendemos, é verdade. Algumas vezes, por motivos até ridículos — futebol, por exemplo. Lembro-me de um final de jogo entre Brasil e Argentina. Mesmo com a vitória argentina, Pablo não se conteve: pegou uma garrafa de vinho, jogou-a contra o vidro, e gritou:

— Imbecis, por que vocês são tão imbecis?

Entendi que sua raiva vinha com atraso: cinco minutos antes, o Brasil ganhava e o locutor, eufórico, vibrava: "Ganhar é bom, ganhar da Argentina é muito melhor." Mas a euforia durou pouco, e logo a seguir um gol de falta calou a torcida brasileira.

— Imbecis, por que os homens são tão imbecis? — repetiu o argentino aquela noite várias vezes, até, já bêbado, cair na cama. Quando Pablo bebia, perdia os limites — disso os senhores sabem.

Éramos diferentes, e por mais que as diferenças nos interessem, elas também nos afastam. Os ataques — mútuos, insisto — eram uma resposta à incapacidade de um penetrar no outro, à perplexidade de não se conseguir dominar o desconhecido, e mais, à dificuldade de aceitar a diferença: queremos ver refletida nossa sombra, não o outro. Sozinhos estávamos, sozinhos éramos, exilados dentro da mesma casa. O exílio, senhores, ironicamente, o exílio nos aproxima e nos afasta, do outro e de nós mesmos.

Novo salto: vasculho a memória tentando encontrar uma razão para esta história, se fosse possível. Gostaria de segui-la como um fio que jamais se cortasse e que me apontasse com clareza onde o novelo começou a embaraçar. Voltemos ao hospital. Pablo não conseguia disfarçar seu mal-estar.

— Irene, um homem não chora porque aprende cedo a não olhar para trás; é preciso reagir — disse ele, o que só posso atribuir ao seu nervosismo: o professor era um homem original; as repetições, mesmo que de estilo, representavam uma vulgaridade que ele não aceitava — nem em si mesmo. Mas o professor sabia perfeitamente que o que ocorrera, se era terrível para mim, era terrível também para ele. Qual a sua participação na tragédia? Como não olhar para trás?

Naquela cama, sem saber quantos dias me restavam, ainda assim, naquela cama, se eu pudesse, eu diria ao professor que minhas lágrimas eram a consequência — e talvez a causa também — de um mal sem nenhuma possibilidade de cura. Se no passado a lágrima era uma resposta às palavrinhas que a menina julgava ásperas — qualquer palavra mais dura era capaz de ferir —, agora a dor vinha pelas palavras que não seriam mais ditas. O barulho do mar seria ouvido com mais nitidez. O vento, o ranger de uma porta, o latido de cães, o motor da geladeira, o ronco do homem ao lado. Sons para os quais não haveria resposta. Cada som seria lapidado, ampliado, de forma quase insuportável, como a música da festa na casa ao lado quando queremos dormir — a alegria vizinha definitivamente não é a nossa alegria.

Se pudesse, teria explicado — não, senhores, a palavra não seria "explicar", Pablo não precisava de explicações —, teria comunicado ao mestre que era impossível reagir, e que, por favor, não me viesse ele com clichês, seus caminhos nunca tinham sido os convencionais. "Enxugue as lágrimas, levante a cabeça, olhe para a frente, reaja, tenha fé, acredite"

— é preciso estar sempre ensaiando uma reação? Por que, senhores, por que não podemos viver o luto, demonstrar nossa tristeza, nossa solidão, por que não podemos admitir que fomos derrotados, abandonados, que alguém não nos quer mais — simplesmente ele nos disse tchau? Por que é preciso estar sempre à procura de uma desculpa, de uma justificativa? Por favor, deixem-me chorar.

Pablo sabia que o estrago estava feito: não havia conserto, remédio. Nem para meu silêncio, nem para as palavras que ele me tinha dito na festa — teriam sido elas a causa de tudo?

Vi o professor chorar poucas vezes. Uma vez, quando fizemos amor sob um tango argentino, depois do gozo, Pablo não se conteve e derramou lágrimas.

— As músicas me cortam o peito, Irene — me disse ele.

No hospital, vi novamente o professor chorar. Com o rosto cansado — e havia razões de sobra para isso —, o mestre gemeu, aliás, foi mais que um gemido, foi um grito, abafado, mas um grito, para ser mais precisa, um grito como o da mãe que acaba de receber a notícia de que seu filho estava no avião que explodiu, seu único filho, e não há nada a fazer a não ser gritar, ali, no saguão do aeroporto, ali, ela se ajoelha, chora, não é possível, ela grita, no saguão do aeroporto, abaixada, ela grita, as câmeras filmam, ela grita, mas nada adianta, logo a imagem corta, vamos ao jogo de futebol: "Ganhar é bom, ganhar da Argentina é muito melhor."

Pablo gemeu, gemeu e chorou quando o médico especialista contratado pela família — afinal, "uma advogada brilhante" merece também um "médico brilhante" —, falou com sua voz baixa e calma, previamente controlada, sinceramente ensaiada, acredito, para garantir uma tranquilidade incompatível com o lugar e a situação — aos médicos deve ser prescrito controlar as exclamações, não colocar acentos, preferir as palavras ambíguas às de sentido claro, falar pouco, falar baixo, fazer da linguagem um enunciado tão indecifrável como uma bula de remédio — "não há nada a fazer, a perda da voz é irreversível, vamos dar tempo ao tempo".

Tempo ao tempo: aquilo que se diz quando alguém sente uma dor quase insuportável, tempo ao tempo, a saudade, resista, tempo ao tempo, o luto, resista, tempo ao tempo, o desejo, resista, tempo ao tempo, o câncer, resista, a traição, resista, o medo, resista, tempo ao tempo, a perda, resista — era preciso "dar tempo ao tempo" — agora era eu a destinatária do "tempo ao tempo", era eu que deveria esperar dias, dias e mais dias, esperar, meses e talvez mais meses, quem há de saber?, justo eu, aquela que sempre quis tudo na hora, eu, acostumada a trabalhar com hora marcada, agora era eu que deveria esperar, esperar até quando? — "tempo ao tempo": a palavra para dissimular o insuportável, ao vivo e a cores, palavras para suavizar a vida: "só o tempo dirá", "o tempo é sábio", "o tempo é o senhor".

Na cama, sem um movimento sequer — mal sabia eu o que viria pela frente —, sem ao menos um gemido — aliás, nem sabia àquele momento se poderia mais gemer (por cansaço, raiva ou gozo, pouco importa) —, senti de forma esmagadora o silêncio do quarto. Meu silêncio provavelmente tinha imposto um silêncio às pessoas ali presentes, ou talvez o contrário: o quarto impunha um silêncio maior do que aquele que já era meu.

Meu silêncio, senhores, não era — e jamais será — o silêncio forjado, aquele que fazemos quando queremos dizer algo sem necessariamente dizê-lo, um silêncio premeditado; ou um silêncio combinado, como na sala de cinema, mesmo assim entrecortado por sacos de pipoca, beijos, goles de refrigerantes; um silêncio desagradável, quase insuportável, apesar de ligeiro, como aquele que se faz no elevador, entre o térreo e o andar que queremos logo chegar, justamente para nos livrar do incômodo, às vezes até desesperador barulho do nada, ou ainda um silêncio desastroso, insuportável como um xingamento fora de hora, quando surpreendidos pelo gol do adversário no último instante da partida, jogando para escanteio nossa comemoração; um silêncio traumático, diriam os psicanalistas, quando o outro nos diz que está partindo, sem mais nem menos, foi-se. Não, senhores, não haverá revanche.

Pablo sabia disso. "Irreversível, irreversível." Um silêncio irreversível. Não haveria brigas como aquela, não mais, nunca mais. Dessa vez, o professor deve ter olhado para trás — ou não? — e por isso não suportou. "*Hasta la vuelta, Irene*", me disse ele mais uma vez, só que dessa vez com voz trêmula.

Pablo não voltou ao hospital.

# III

Dois dias depois, foi o que me contaram, tive problemas de pressão, e fui transferida para uma unidade intensiva. Eu estava lúcida, embora fraca. Via os doentes dos leitos vizinhos e pensava que histórias se escondiam sob aquele silêncio. Pensava no senhor ao meu lado, talvez ele quisesse, se pudesse (mas não podia, talvez ele nunca mais pudesse), contar o que a vida lhe trouxe de melhor, as pessoas que amou, as palavras que nunca esqueceu, os elogios que recebeu, as mágoas, os desafetos, o primeiro dia de aula — teriam suas mãos ficado geladas? —, a primeira professora, era doce ela, dona Maria, os primeiros companheiros, Joaquim, o menino do drible, a primeira namorada: Ana ou Priscila?, mas a quem essa história poderia interessar? Sim, senhores, a quem as histórias que nos pertencem interessam? A mulher ao lado, talvez ela quisesse me contar do dia em que achou que ia ser convidada para um novo cargo e não foi, a frustração, ou talvez contar a emoção do nascimento do primeiro filho, a escolha do nome, as camisinhas de pagão, ou talvez os países que conheceu, os gansos na praça, o menino que corria, tinha cachos loiros, uma boneca, alguma coisa, talvez sem a menor importância, que ela registrou na memória, um dia em que ela brincava de voar pulando no quintal de cima de uma cadeira, talvez ela quisesse contar, o filme a que assistiu com o primeiro namorado, a sala escura do cinema do interior, ela guardou, talvez quisesse, alguma imagem, algum bilhete, "somos irmãos de mãos dadas", o mar azul, talvez ela quisesse me contar das cartas que escreveu, cartas que recebeu, ou remexer nas fotografias, aquelas que tirou, aquelas para as quais sorriu, ou talvez ela preferisse falar sobre o futuro, o que pretende fazer quando deixar o hospital, o que quer ver, a amendoeira da esquina, o Cristo Redentor, o céu, talvez ela queira só ver o céu e as estrelas, as folhas do coqueiro entrando pela janela, ou talvez ela quisesse me contar da parte do corpo do homem que mais a encanta — as coxas? as costas? — ou em que parte do corpo ela gosta de ser tocada, talvez, talvez os braços, uns braços, talvez o colo, sim, talvez ela quisesse me contar sobre o amor, quisesse me dizer em que pensa, ali isolada do mundo por duas cortinas azuis e muitos aparelhos, muitos fios, absolutamente só, sem céu, estrelas, sol, sons — talvez ela quisesse me contar. Os homens e mulheres, que talvez quisessem me falar, eles se calam, talvez porque, solitários, não julguem interessantes suas histórias, talvez porque, solidários, saibam que as palavras são capazes de provocar emoções, e as emoções não cabem em uma unidade de tratamento intensivo.

Perdoem-me, senhores, eu sei que os senhores não querem lembranças, divagações, os senhores querem fatos, a caixa-preta da vida. O que aconteceu, o que dissemos, onde estávamos exatamente. Pois não se preocupem, eu contarei: foram sete, sete encontros, cabalisticamente, foram sete, sete os encontros. Não sei se vou narrá-los na ordem em que aconteceram, o tempo cronológico não se impõe à memória, os senhores sabem, as minhas memórias, como as do anjo pornográfico, também são feitas de passado, passado e presente, presente e futuro. E alucinações.

Em nosso terceiro encontro, tínhamos falado rapidamente ao telefone.

— Você tem certeza? — perguntei. Os riscos são seus.

— Até lá — ele confirmou a viagem com apenas duas curtas palavras.

Cheguei à casa de praia antes de Antonio, me lembro bem, não havia tempo a perder. Era fim de tarde, o mar agitado, algumas crianças corriam pela areia. Fazia frio, e eu ainda pensei por que nunca me agasalhava corretamente. Entrei no quarto, retirei a colcha estampada, deixei a cama apenas com um lençol branco. Não havia necessidade de enfeitar a cena, quanto mais nus estivéssemos, melhor; nada de artificialismos, nós sabíamos exatamente o que seria feito ali, embora, senhores, devemos reconhecer: o amor não costuma se repetir.

A campainha tocou. Um sofá, uma cama, uma pequena geladeira — suficientes. Antonio entrou, olhei rapidamente para ele, senti meu corpo tremer, os olhos azuis, descontrole, a boca seca, desviei o olhar, pensei como tudo aquilo era possível, novamente, sete anos depois, apenas um ou outro telefonema na madrugada, nada tão significativo, mas ali, ali era uma tontura, um sentimento de embriaguez, uma emoção, não, senhores, não busquem a razão, por favor, a explicação para o amor, olhei-o novamente, procurei me deter, seu rosto, seu corpo, o que tinha aquele homem que me perturbava tanto? Os olhos, seriam os olhos azuis?

Teriam as crianças herdado o azul do pai?

— Minha querida — Antonio cortou meus pensamentos —, minha querida — disse ele com a voz trêmula e emocionada — venha cá, meu amor, me deixe sentir você, meu amor, que saudade.

O que se passou em seguida, senhores, o que se passou em seguida, não, seria pretensão reconstituir: como descrever o amor, o amor que acontece de forma exasperada, amor sem limite, amor sem razão, o amor enlouquecido? Sim, os sentimentos do mundo não cabem nas palavras. Tentamos de fato esticá-las, decerto tentamos moldá-las, mas elas, as palavras, teimosamente, elas não nos acompanham — a paixão, dois jovens na estação do metrô, rapidamente nós os vemos, eles se beijam, impossível descrever com palavras aquele instante de paixão, o trem parte, eles ficam na estação, impossível, as imagens rápidas, as palavras não dão conta das imagens, as palavras não dão conta do abstrato, as palavras, senhores, as palavras não dão conta da vida — descrever o amor, impossível: as palavras não acariciam, não tocam a língua, não se esfregam, não gemem. As palavras não gozam.

— Já soube que você está com um gringo — disse Antonio, com o corpo molhado de suor, ainda ofegante sobre mim. — Eu sinto ciúme.

— Não seja machista, Antonio.

— Por que você está fazendo isso comigo? Ainda mais gringo.

— Não seja preconceituoso, Antonio. Pablo é importante para mim.

— O gringo? E argentino, ainda por cima...

Lembrei: "Ganhar é bom, ganhar da Argentina é muito melhor."

— Isso não vai ser bom para nós dois — disse ele.

— O que você quer que eu faça? — retruquei —, não gosto de morar sozinha, o silêncio me atormenta, sinto um vazio, um buraco, uma tristeza, não sei o que é. E você...

Antonio pulou da cama, me interrompendo. Busquei uma coberta — o amor muda nossa temperatura. Acompanhei seu movimento até o banheiro, as pernas, a cicatriz no joelho, os braços finos, as costas, aquele corpo era um pouco meu também. Ele lavava o rosto e eu o via através do espelho, os olhos azuis ainda mais azuis. Ele começou, então, a fazer a barba, como se procurasse algo de concreto que o desviasse de mim. De mim, ou da vida que estava fora daquela casa, daquele quarto. Olhei para ele, pensei em perguntar se ele também se sentia sozinho, mesmo casado.

— O meu amor não te basta? — perguntou ele. — O que você quer mais, Irene? O meu amor não te basta? — repetiu.

— Não — respondi —, não basta. É um pedaço, mas não é todo, Antonio. Não é tudo — respondi, sem hesitação.

Antonio virou-se e veio até a cama, eu me lembro do seu rosto contrariado.

— O que você quer, meu amor? O que você quer? — insistiu.

Fiquei quieta, e ele, desesperado, como um marinheiro que precisa chegar de qualquer jeito à margem — sozinho, sem farol a sinalizar —, ou como um réu antes da sentença final — não há mais o que testemunhar, contestar, julgar —, jogou-se sobre mim e, como quem sabe que nem sempre há uma segunda chance —a arte pode ser eterna mas a vida é breve —, como quem sabe que o amor pode ser interrompido a qualquer momento — com ou sem justa causa —, ele se debruçou sobre o meu corpo e começou a me beijar.

— Não basta? — repetiu. — Eu sou apaixonado por você, desde quando você era menina, não basta? — ele me beijava. — Eu conheço os seus medos, eu sei do que você gosta, eu sei do que você não gosta, não basta? — insistia. — Esse gringo sabe por acaso que você tem medo de trovão, ele sabe, minha querida?

— Não seja criança, Antonio — retruquei, e ele continuou a me beijar.

— Esse gringo sabe que você sente cócegas no pescoço, sabe? — prosseguiu.

— Não — respondi, brincando.

— Eu sei de tudo, eu sei quando você está triste, eu sei quando você está feliz, eu sei quando você finge que está feliz mas não está, eu conheço você inteirinha, Irene, eu conheço você como se fosse eu mesmo, eu conheço cada pedaço do seu corpo, eu conheço a sua pele, eu conheço o seu pescoço, conheço a verruga que você tem no umbigo.

— Deixa de brincadeira, que importância tem isso? — retruquei ironicamente.

— Esse gringo — ele insistiu, e eu deixei (talvez tenha sido aí o início de tudo) —, esse gringo, eu sei, esse gringo é professor, esse gringo é advogado, esse gringo é igual a você, não é Irene? — fiquei quieta. — Esse gringo é como você queria que eu fosse, não é, Irene? — eu, quieta. — Esse gringo pode ser um cara até importante, um cara que faz tudo certo, um cara de quem a sua mãe gosta — sim, minha mãe sempre gostou de Pablo —, ele pode ser tudo isso, Irene, mas eu aposto que esse gringo não sabe amar você como eu amo.

— Por favor, Antonio, pare com isso.

— Eu aposto que esse gringo não sabe nem seu apelido quando garota.

— E daí, Antonio? — eu tentava desqualificar todos os seus argumentos, mas ele parecia não se importar.

— A gente não pode amar quem a gente não conhece — disse ele, e tendo o passado como trunfo, continuou, continuou a me beijar, amar, beijar, e a certa altura, eu já exausta, sem saber o que aconteceria — havia Pablo —, se aquele seria nosso último encontro — por que não nos sinalizam? —, disse a Antonio que o que eu sentia por ele não era o que eu sentia por Pablo, ali estava um pedaço de mim, a menina magrinha de cabelos lisos, aquela menina que falava baixo, que pretendia ser a professora, que acreditava no amor, a menina idealista, ali talvez estivesse a infância, a inocência, os ipês-roxos e amarelos, o vestidinho amarelo, a casa de minha avó, ali, talvez em Antonio, ali, talvez estivesse o passado, a letra desenhada, o cachorro de focinho defeituoso sendo puxado pelo barbante, o cachorro correndo e eu gritando, zig, zig, zig, ali talvez estivesse um pedaço de mim, a metade mais inocente, os cavalos brancos correndo, o medo do globo de ouro, a metade mais ingênua, a menina que queria ser protegida, a menina idealista, a menina que queria voar, a menina carente que queria o amor do pai e o amor da mãe, a menina que acreditava no amor do pai e da mãe, ali estavam os sonhos, eu disse a ele, o porto seguro, o princípio — e talvez o fim —, ali estava um pedaço, mas...

— Você é linda, Irene, você é linda — ele me interrompeu, como se não prestasse atenção a nada do que eu falava —, você é linda, o seu cheiro, eu gosto desse seu cheiro, que bom que você veio, você é deliciosa, que bom que você voltou, minha querida.

E eu, senhores, eu confesso, eu voltaria sempre, eu voltaria. Ali estava alguma coisa que me fazia voltar — como o cavalo branco no picadeiro, rodando sem parar —, eu precisava voltar para tentar recuperar esse pedaço, esse passado, alguma falha, interrupção, alguma mudança de rumo, esse pedaço que também era eu, talvez mais eu que a "advogada brilhante", ou talvez só uma parte, um anexo, eu precisava juntar as partes da caixa, os pedaços da casa, o triângulo, descobrir a forma, o quebra-cabeça, o que encaixava e o que não encaixava, o que tinha ficado e o que tinha se diluído, recuperar a bagagem, ouvir essa voz que volta e meia me chamava, me gritava, gritava meu nome, pedia ajuda, lá longe, um bezerro desgarrado — eu precisava tentar responder.

Antonio talvez fosse o eco.

— Eu não mereço você — disse a ele.

— O amor é grátis — ele me respondeu, com a sua ingenuidade. E continuou a me amar, até a hora em que eu me levantei, rapidamente, e disse:

— Antonio, preciso ir.

— Não me deixe, Irene.

— Não me deixe você também, Antonio — respondi. — Eu preciso me salvar.

Fazia frio quando batemos a porta da casa. Flores roxas e amarelas cobriam o chão.

# IV

Nos dias seguintes a meus encontros com Antonio, confesso, eu ficava desorientada, andava *easy rider,* atravessando ruas, pessoas, sem me ater a nada, invadida e perseguida por imagens de Antonio — um beijo, os cabelos pesados, sua nuca, seu cheiro, eu gostava de sentir seu cheiro impresso nas minhas roupas, roupas que eu mesma fazia questão de lavar, como se pudesse estender por alguns dias aquele gozo, suas mãos, as palavras que suspirávamos um ao outro, "querida", "meu amor", "eu te amo", essas palavrinhas comuns, palavrinhas vulgares que tanto nos deliciam. Minha vontade, senhores, minha vontade nesses dias era parar, não fazer nada, por favor, deixem-me não fazer nada, eu não quero me levantar, eu não quero trabalhar, eu não quero atender o telefone, eu não quero falar, não quero me mexer, por favor, deixem-me delirar com a imagem daquele homem que me acompanha desde a infância, sim, um amor de infância, um amor de toda a vida, deixem-me delirar, não fazer nada, deixem-me tomar conta dos momentos que passei com aquele homem, deixem-me quieta, preciso resguardar o que houve, não tocar, não mexer, para que tudo não se perca, não quero perder o instante, não quero perder sua pele tocando a minha, não quero perder o que nos dissemos, não quero perder o que ele me disse, não quero perder seu cheiro, deixem-me quieta, deixem-me proteger o instante do gozo, por favor, ele ainda está em mim, não quero perder o gozo, não quero perder a felicidade, deixem-me quieta, não me perturbem, deixem-me quieta.

Nos dias seguintes a meus encontros com Antonio, eu andava, andava como uma louca, deixando tudo à margem: processos, clientes, ações, prazos, audiências, involuntariamente invadida por aquele homem, que entrava em mim estraçalhando a ordem, aparente ordem: voltar e fingir que nada aconteceu — a casa limpa, as flores na jarra, as colchas na cama, os sabonetes, não há poeira, não há almofadas pelo chão, não há pratos sujos, cinzeiros cheios —, embora minha vontade, senhores, minha vontade nesses dias fosse deixar tudo por fazer, como se a desordem da casa pudesse espelhar a desordem da alma. Por que, senhores, por que fingimos tanto? Que pacto firmamos? Que dedos nos apontam? De que inferno temos tanto medo? Ou será o homem por natureza um fingidor, "que finge tão completamente que chega a fingir que é dor a dor que deveras sente?"

Mas como a areia deixa uma âmbula e passa à outra na ampulheta, os dias viram noites e as noites, dias, Antonio ia saindo de mim, pouco a pouco, o encontro ficando tênue, gelo se dissolvendo na água, como a sensação de quando voltamos de uma viagem: nos primeiros dias, o desconforto, estamos fora do eixo, as pessoas que nos rodeiam não nos interessam, continuamos ligados ao que ficou para trás, ao que vimos, fizemos — aquela cidade, o chafariz —, mas logo, mais rápido até do que supúnhamos, vamos recuperando o ritmo, reconhecendo o sol, os sons, as manchetes dos jornais já nos despertam, dobramos as esquinas, o escuro da sala de cinema não mais nos confunde; as fotografias, arquivamos; os cartões-postais, amassamos; jogamos as memórias no lixo.

Antonio ia se apagando — "pai, afasta de mim esse cálice" —, os telefonemas escasseando, a vida normalizando — o trabalho, a casa e naturalmente Pablo. Com Antonio, desconfio, devia se dar o mesmo: eu gradualmente seria convertida em sensação fugaz, lembrança para vez ou outra vir à superfície, até tudo acontecer novamente, novo encontro — como as orquídeas, o vaso colocado na estufa, deixado de lado até as próximas chuvas — não havia como cultivar o amor de outra forma, nós sabíamos: ou ele existia assim ou não existia. E era preferível que existisse, ainda que assim.

Reitero: não havia triângulo amoroso. Antonio não fazia parte da minha vida com Pablo, um não era sombra do outro, adversários, rivais. Objetivamente — não é essa a grande virtude?: "explique logo, fale só o que interessa, não se perca em detalhes, não seja minuciosa, foque, seja objetiva" — "objetivamente", senhores, o que pode representar um encontro de sete em sete anos?

Durante anos, não falei de Antonio a Pablo, acho que ele também nunca desconfiou, ou simplesmente não quis saber. Pablo nunca quis compromissos — quando recebeu da universidade convite para assumir a direção do curso de direito internacional, o que sem dúvida lhe daria ainda mais prestígio e um salário maior, largou a sala de aula — "se pensam que vão me ater", disse ele, "enganam-se, não troco minha liberdade por nada".

Quando fiquei grávida — e essa é uma questão delicada, eu sei —, ele me pediu que não tivesse o filho — não gostaria de nada que o ligasse definitivamente a uma mulher, a um país, um tempo. Queria sentir-se livre, inclusive para partir a hora que quisesse. Cedi. Quando saí da clínica, ele me confessou aliviado:

— Agora posso ficar com você para sempre, porque não há nada que me obrigue a isso.

Juntos, fomos a um café. O professor estava triste, talvez mais triste do que eu mesma. Desconfio que ele percebia, de uma forma ou de outra, que o medo de deixar rastros acabava por limitar a sua e, consequentemente, por mais que tentasse desvincular uma coisa da outra, a nossa história.

Não sei exatamente quantas mulheres fizeram parte da sua história, talvez muitas, talvez nem tantas. Sei de Ana, Carmén, Helena. Ana era sua aluna na faculdade. Eu a conheci durante uma aula, quando Ana desafiou o mestre:

— Esta é a sua leitura — disse ela —, não a minha.

— E por que você acha que eu quero impor a minha leitura? — perguntou o professor. — São vocês que estão acostumados ao autoritarismo, não eu, — respondeu ele. — São vocês que só fazem aquilo que é imposto, que só estudam quando tem prova, que não participam, continuam na universidade tão tolos quanto no jardim de infância.

— O que você sabe de mim para falar isso? — Ana retrucou. A turma silenciou. — Vocês, professores, tomaram distância dos alunos, vocês se calaram em troca desse cientificismo inútil. Vocês trabalham impulsionados apenas pela vaidade, esse sentimento tão questionável — vocês são muito vaidosos. Vocês querem ser reconhecidos: vale mais quem tiver mais *papers*, quem participar de mais congressos, quem tiver mais cargos. E a sala de aula virou um nada, é só um compromisso a cumprir, uma pauta.

Pablo olhou para Ana e, com tranquilidade, respondeu:

— Você é livre para pensar o que quiser. Infelizmente não há mais tempo para essa discussão hoje. Podemos continuar a conversa na próxima aula, ou no café, se você preferir.

Tempos depois, soube, pelo próprio mestre, que ele e a aluna desceram para o refeitório e lá ficaram por mais de três horas.

Ana destoava de todos nós, pequenos-burgueses fazendo curso de direito, almejando a carreira que nos daria *status*, privilégios e reconhecimento — vaidosos, muito vaidosos, tanto quanto os mestres. Ana não contava com papai e mamãe ricos, não usava as roupinhas da moda, sua escola não tinha sido um dos colégios católicos da cidade, ela vinha do interior, da escola pública, morava no subúrbio e era uma militante — ou pretendia ser —, completamente diferente da turma alienada da qual eu mesma fazia parte. Ana buscava a universidade como quem busca de fato um espaço de aprendizado e ação política, enquanto nós estávamos ali com nossos caderninhos enfeitados, nossos carros, os celulares moderninhos nos bolsos e as conversinhas paralelas que serviam apenas para agendar programas de fim de semana, caracterizando um curso sem nenhum idealismo. Foi certamente a postura contestadora de Ana que atraiu o mestre, que nunca gostou de alunos passivos, nem de ambientes institucionais, era a clandestinidade que o excitava. Mas, por uma dessas ironias, quanto mais Pablo queria a clandestinidade, mais se enfiava na vida burguesa. As relações amorosas — ou sexuais, como os senhores desejarem — talvez fossem um escape.

Em nossa formatura, não por acaso, Pablo foi o professor homenageado — ele era um estrangeiro, um professor que exibia uma cultura e um ecletismo invejáveis aos olhos de uma turma tão pobre de experiências — e Ana, a oradora representante dos alunos, escolha que a mim pareceu um ato demagógico, um prêmio à exceção, recompensa ao "esforço das minorias", mas Ana, sabiamente, não se importou com isso e usou o microfone com vigor:

— Não escolhi o curso de direito pelas oportunidades que dá, escolhi o direito exatamente pela falta de oportunidades — disse ela, no chamado discurso "engajado".

Jamais me esquecerei dos olhos do professor: sentado na primeira fila, ele não fazia a menor questão de disfarçar sua admiração pela militante que tanto destoava da turma descomprometida, interessada apenas na encenação da festa — roupas, fotografias e bobagens.

Ana foi à nossa casa algumas vezes. Pablo, "cidadão do mundo", gostava de acumular amizades, amizades e certamente amores: era como se precisasse ter portos seguros em todos os cantos, âncoras para poder chegar e depois naturalmente partir. É claro que eu tinha ciúmes, sabia que Ana interessava ao mestre — sua personalidade atrevida, revelada até nas roupas que usava, instigava o estrangeiro, obrigado a se relacionar a essa altura com mulheres de terninho e sapatos de bico fino, cores neutras, como convém às executivas-advogadas. O lado excêntrico, o lado aventureiro, o lado transgressor estava castrado, engolido até por nossa relação, que, por mais que não fosse um casamento tradicional, não se arriscava muito. Sim, senhores, fui — ou sou — uma advogada burguesa, não defendi os excluídos, não defendi os marginalizados, não defendi os carentes — faço minha *mea culpa*, se é que há culpa nisso. Eu e Ana, portanto, sempre estivemos em polos opostos, talvez daí meus ciúmes.

— Não adianta, Irene, os crimes são mais delicados do que imaginamos, os réus só revelam o que querem e para quem querem, você sabe — respondia ele a meus interrogatórios sobre a contestadora rebelde.

Não adiantava insistir. Ao contrário de Antonio, Pablo significava para mim o desconhecido, Antonio era a serpente; Pablo, a águia. Ou não? Eu e você, isto e aquilo, verdadeiro e falso, bem e mal, certo e errado — por que, senhores, por que temos sempre de tentar decifrar o mundo a partir dos contrários? Com Antonio e Pablo, eu puxava fios para escapar do labirinto — e se me perdi tantas vezes, e se hoje estou aqui, senhores, certamente a culpa não é só deles, é minha também, e como é.

Mas voltemos ao que interessa: Carmén. Pablo tinha conhecido Carmén em uma de suas viagens a Buenos Aires, quando já estávamos juntos. Pablo viajava muito, não só para reuniões com clientes, como para congressos — sem dúvida, sua passagem pela universidade lhe dera prestígio.

— Esse é um privilégio dos professores universitários — dizia ele diante dos inúmeros convites —, eles se sentem muito importantes — mas logo retrucava o anarquista —, o que não passa de uma grande ilusão, os congressos servem apenas para rever amigos e enfeitar nossos currículos.

Essa utilidade de fato os congressos têm: foi num evento em Buenos Aires que Pablo conheceu Carmén, Carmén Plata, famosa jornalista argentina, especializada em política latino-americana.

Eu a conheci meses depois, quando ela veio ao Brasil para "cobrir" — como se diz na linguagem jornalística —, "cobrir" a viagem do presidente argentino ao nosso país. Pablo foi convidado para um jantar no consulado, convite que certamente deve ter partido da jornalista. Não sei por que nesse dia ele insistiu tanto para que eu fosse. Também não sei por que — talvez pela chamada intuição feminina — fui. Foi uma noite sofisticada, com a presença de muitos intelectuais e artistas "sempre prontos a bajular políticos", disse o anarquista, que no entanto lá estava, também distribuindo sorrisos, simpatia e cartões — *networking, networking*. Carmén parecia mais uma dançarina de tango: um longo vestido vermelho de babados, esbanjando sensualidade, num perfil distante daquele que esperamos de uma jornalista política — sim, temos idéias preconcebidas, não, senhores? Fiquei surpresa, mas confesso, não me senti ameaçada. O professor conversou com a jornalista da mesma forma que sempre conversou com as mulheres — Pablo se relacionava bem com o chamado sexo frágil, o que sem dúvida contribuiu durante todos esses anos para manter minha admiração e meu desejo por ele, sobretudo meu desejo. Nessa noite, Carmén deve ter se sentido a eleita — e a sensação de ser a preferida, senhores, dá a mulher um sentimento de onipotência, embora tolo e efêmero.

No estrangeiro, andamos distraídos pelas ruas mais perigosas, visitamos pontos turísticos que os moradores nem conhecem, compramos suvenires de má qualidade, somos ingênuos. Talvez eu estivesse mesmo muito distraída, tão distraída que levei um susto na noite em que o professor, sem nenhum pretexto, me informou:

— Carmén tem um filho meu.

A notícia caiu em mim como um choque, temporal em tarde de sol, árvores derrubadas, ruas alagadas, o lixo descendo pelo asfalto. Não, àquela hora, confesso, não pensei em Antonio, tampouco pensei no que significava um filho para Pablo.

— Eu não sabia — justificou-se —, Carmén me contou hoje, estive com ela rapidamente no aeroporto. Ela quer que eu reconheça o menino e a ajude. Eu não fui consultado, você sabe. Nunca quis ter filhos.

Não sabia o que dizer. Então a jornalista tinha provocado uma história comum a políticos em nosso país, mas não a professores — pelo menos que eu saiba.

Pablo passou a noite sozinho na sala, andando para lá e para cá, fumando. O filho certamente era para ele um choque, um choque e uma ameaça: um vínculo a um passado, um país, uma nação.

— Quero que você vá comigo a Buenos Aires. É melhor ir do que ficar aqui imaginando coisas — disse ele quando percebeu meu atordoamento com a notícia.

Recusei o convite, era impossível desembarcar em uma cidade que não era a minha para resolver uma história da qual eu não tinha participado. Aquela história não me pertencia.

Quando voltou da viagem, Pablo não me disse nada: não me contou como era o menino, qual era seu nome, não disse se havia ido ao cartório, não disse o acordo feito com Carmén. Pablo não me disse nada. Era o pacto do silêncio: o silêncio dele de alguma forma autorizava o meu silêncio, assinávamos assim um pacto que de certa forma nos protegia.

Sim, o presente colore o passado, é fato. Talvez Pablo e Carmén não tenham se amado tanto assim, ou talvez o contrário: talvez tenham sido amantes durante todo o tempo em que estivemos juntos. Amantes que se encontravam em apartamentos escuros, obscuros, nos subúrbios de Buenos Aires, os desgarrados subúrbios de Borges (seria Carmén também uma borgiana?), ou talvez tenham sido amantes que se disfarçavam de amigos em restaurantes animados, em almoços aparentemente de negócios — os dois olham para as mesas vizinhas, observam se há conhecidos que possam denunciá-los, preparam o sorriso, os joelhos se tocam —, ou ainda talvez Pablo e Carmén não tenham sido nem amantes, o filho foi gerado em um único e rápido encontro, poucos minutos, quem sabe uma festa, uma festa de muitas mulheres e poucos homens, a música alta, a bebida, instintos à flor da pele, talvez Pablo tenha se excitado com as coxas da jornalista, com seu vestido vermelho de babados; apresentado a ela, ele sorri, ela retribui, são dois argentinos interessados no Brasil, o professor e a jornalista, eles gostam de samba, eles gostam de tango, eles percorrem o mundo, o mundo e o corpo, o corpo de um toca o corpo do outro, um leve tremor, o vinho, a pele, ele olha para ela, ela morde os lábios, pode ser, a noite animada, um sugere ao outro continuar a conversa em outro local, um lugar mais sossegado, mais íntimo, o outro aceita, eles saem de mãos dadas, já se tornaram amigos, basta agora serem amantes, um sabe pouco do outro, isso excita, um não conhece o corpo do outro, excita, faz frio, excita, uma certa embriaguez, excita, a rua deserta, excita, pode ter sido nessa noite, senhores, pode, mas que adianta imaginar o que pode ter acontecido?

Helena Castelli foi outra das namoradas do mestre. O estrangeiro encantava as mulheres e é natural que fosse assim: há um desejo feminino de transformar o efêmero em eterno: o que faz esse homem aqui? Qual a sua história? O que posso fazer por ele? Como mantê-lo comigo? Um desejo de mudar o destino do outro, de fazer parte da vida que não nos pertence, de integrar o desconhecido ao nosso mundo, de agarrá-lo a nós — seria isso que aproximava as mulheres do professor? Ou seria sua inteligência, o brilho, a capacidade de articular os diversos níveis do discurso? Helena Castelli era interessada, tanto quanto Pablo, nos jogos de leitura, na intertextualidade, nos múltiplos sentidos que as palavras sugerem. Em um de seus artigos, usado pelo professor como fundamento para uma defesa, Helena dizia que toda biografia deve ser encarada sem piedade, assaltada pelo leitor. O professor agarrou-se a esta tese: era preciso arrancar os sentidos da vida daqueles a quem nos propúnhamos a defender, dizia ele, era preciso arrancar suas biografias, assaltá-las. De outro lado, ai de quem se atrevesse a querer assaltar a sua vida pessoal:

— Se quiser ficar comigo, Irene, vai ter que aprender a conter essa sua língua, essa sua curiosidade — avisou-me um dia, sem nenhuma preocupação com a delicadeza, em uma das vezes em que eu tentava recuperar seu itinerário à cata de contradições, infidelidades e deslizes — como se eu não os tivesse.

A verdade é que Pablo fazia com as mulheres o que quisesse. Ele teve as mulheres que quis, da forma como quis. Muitas mulheres quiseram. Eu fui uma delas.

# V

Minha cabeça rodando, rodando, e os pensamentos só me deixavam descansar na chamada "hora da visita". As visitas do CTI, visitas de 15 minutos, visitas que eu nem sempre identificava, também, para que identificar? Melhor ficar de olhos fechados, eu não poderia responder e, mesmo que pudesse, não teria o que responder, as visitas de CTI não dizem nada, eu agora sabia, as visitas têm medo, medo de que os doentes escutem suas preces, medo de começar a falar e não conseguirem mais parar, medo de falar da vida, da vida delas, quem sabe chorar, as visitas têm medo, medo de se revelar, medo de que ali, naquele ambiente, ambiente amorfo, ambiente asséptico, mesmo naquele ambiente, ambiente impessoal, deixem escapar um segredo, uma lágrima, escapar uma confissão, a voz embargada, melhor ficar em silêncio — as palavras são incontroláveis, senhores —, as visitas não suportam, não suportam entrar em contato com os limites, a fragilidade do corpo, o rosto sem maquiagem, a face sem corretivos, nossa fraqueza, ferida, ferida aberta, a impotência, a solidão, nossa finitude, o que se vê não é o que se quer ver, as visitas não resistem, elas têm medo, elas se sentem desconfortáveis, o tempo não passa, tão poucos e tão longos minutos, as visitas têm medo, não se pode desviar o olhar, não há para onde olhar, ao lado há outros doentes, eles nos incomodam ainda mais, nós poderíamos ser eles, eles poderiam ser nós, ali, jogados, sem nome, sem maquiagem, sem joias, sem enfeites — "somos todos iguais esta noite". Há de se fazer, então, um esforço, não se pode desviar o olhar, mas se pode fugir das palavras, as visitas fogem das palavras, elas sabem, as visitas pelo menos intuem que as palavras, senhores, as palavras são como a vida, as palavras escorregam, de um minuto para outro, escapam, como a folhinha que vai descendo o córrego, passando por pedrinhas, descendo, a água limpinha, cristalina, a folhinha desce, às vezes ziguezagueando, parece que vai parar, mas segue, desce o córrego, escapa — as palavras, senhores, as palavras são como as folhinhas, as palavras escapam, como a vida. A vida escapa.

O curso das águas: falei de Carmén e de Ana provavelmente antes da hora, mas nem sempre conseguimos selecionar o que lembrar — aquele cheiro, cheiro de uva, caixas e caixas de uva, anunciando a chegada de minha mãe e de meu pai, caixas de uva rosadas, por que me lembro delas agora? O carro apontando na estrada, o barulho do motor, a buzina, sempre da mesma forma, o pai e a mãe, o momento do encontro, sexta-feira, tínhamos pai e mãe, só dois dias, mas valiam a semana inteira, à noite teríamos o bordado e o ponto de cruz, comeríamos milho assado e esquentaríamos os pés com o calor da lareira — por que me lembro disso agora?

Aos 34 anos, confesso, a luz que me atraía era a mesma que já começava a me queimar — a conhecida imagem da mariposa. "A filha segue os passos da mãe", diziam pelos corredores do fórum. Embora recebesse os elogios com uma ensaiada indiferença, e também com um ensaiado sorriso, é verdade, eles me agradavam mais do que desagradavam, assim como provavelmente desagradavam à minha mãe mais do que agradavam: meu sucesso talvez apontasse seu fracasso; minha juventude, sua decadência; o sucesso do filho é a morte do pai. Ou esses eram apenas fantasmas que eu mesma criara contra mim? — os cinco olhos do diabo a me espreitar, sempre um vazio, uma sensação de que eu não era eu, eu era os outros, múltiplos pedaços, pedaços enviesados: os olhos do diabo, os cinco olhos do diabo. E a palmatória, pronta para estalar: por minha culpa, minha tão grande culpa.

Quero voltar a Antonio, preciso voltar a ele. Fecho os olhos, sinto sua pele roçar na minha, tenho vontade de virar meu rosto, meu nariz encosta no dele, sinto sua boca, sua barba, as mãos na nuca, sinto Antonio, deliro, senhores. Desejos e delírios. Quantos dias e quantas noites fui — e sou — tomada de delírios, delírios por um homem que eu pouco vi, delírios por um homem com quem pouco convivi, um homem distante de mim, um homem que não percorreu as ruas que eu percorri, um homem que não frequentou os cinemas em que tantas noites me escondi, um homem que não leu os livros que eu li, um homem diferente de mim. Antonio, também ele um estrangeiro? Não me esqueço, senhores, não me esquecerei: Antonio me causava delírios. Bastava olhar para ele que todo meu corpo sinalizava, bastava olhar, ele não precisava dizer nada, ele não precisava fazer nada, bastava olhar: ele era a minha terra e a minha paisagem. Seriam seus olhos? Tolices, os senhores podem pensar. Pois pensem, pensem o que quiserem. Não tenho mais nada a perder. Nada a esconder. "O amor é grátis", não foi isso que ele me disse? É acidental, como a vida. Buscar razões é inútil. Talvez as coisas mais importantes — e também as mais dramáticas de nossa vida — sejam as que menos se explicam. Se não, por que haveria eu de estar aqui, agora, assim? "É o destino", "se tiver de ser, será" — não são essas as respostas que usamos para espantar o que nos sobressalta?

Quando nos reencontramos, na mesma casa, disse a Antonio que não me sentia feliz.

— Por quê? — ele me perguntou.

— É complicado — respondi.

— O gringo te trata mal?

— Não.

— Tem outras mulheres?

— Com certeza sim, mas não é isso.

— Não?

— Para ele, não existe traição.

— Existe o quê, então? Amor?

— Não importa, não quero falar de Pablo, quero falar de mim, não estou feliz.

— Por quê? — insistiu ele, a essa hora lambendo meus dedos — e se conto esses detalhes é apenas para reforçar que às vezes as palavras querem sair, mas a porta está trancada, elas então forçam, forçam, mas não saem: nem sempre conseguimos dizer o que queremos, nem sempre fazemos o que queremos, os outros nos desarmam, eles nem sempre nos acompanham.

— Eu me sinto estrangeira — respondi. Antonio riu, uma gargalhada gostosa que ele dava nos momentos de relaxamento.

— Mas o gringo não é ele? — perguntou. Percebi que não valia continuar, Antonio talvez até entendesse, se eu conseguisse ser clara o suficiente, se soubesse exatamente o que se passava em mim, mas com certeza eu não sabia, e mesmo que soubesse, mesmo se tivesse tentado explicar, provavelmente teria fracassado — como quando voltamos de viagem e abreviamos nosso relato, "foi tudo ótimo", três palavrinhas é o que dizemos, certos de que é impossível expressar, não o que vimos — isso pouco importa —, mas o que sentimos: a tarde caindo, as pessoas nas ruas, um céu arroxeado, a sensação das paisagens novas — não é o lugar, é o modo de ver, o olhar. Se eu tivesse tentado explicar, teria sido inútil e certamente teria perdido o que se seguiu e, hoje, senhores, não tenho dúvidas: o amor vale mais que mil palavras.

Como explicar a Antonio que Pablo me fazia viver uma história diferente das histórias a que eu tinha me acostumado, histórias que eu tinha ouvido quando menina e que só mais tarde percebi o estrago que me fizeram: era uma vez uma menina que enrolou seus cabelos na máquina de fazer sorvete, a menina gritou, gritou, e ninguém conseguiu parar a máquina, era uma vez uma roda onde mulheres pobres colocavam seu filho, ainda recém-nascido, o recém-nascido rodava, rodava, até ser apanhado por uma freira que então o entregava a um casal sem filhos, na escuridão da noite, o casal partia com a criança enrolada numa manta, era uma vez uma velhinha que dormia com uma vela para iluminar seu pequeno quarto e certa noite ventou e a chama queimou sua pele, ô Antonico, Antonico no seu caixãozinho roxo, era uma vez o menino que tropeçou na poça d'água e morreu afogado, era uma vez o homem que foi chifrado na barriga e agonizou na estrada em noite de lua cheia até ser encontrado pelo irmão e morrer em seus braços — as histórias que me contavam tinham todas final trágico e me mostravam que viver não era só perigoso, viver era catastrófico.

Como explicar a Antonio que eu tentava escapar da tragédia? "Não seja imprudente, eu sei o que falo, eu sei o que é melhor para você", as mães usam as palavras não para proteger — como aparentam fazer —, as mães usam as palavras é para se defender: "Não vá, por favor, não vá, o que serei eu sem você? O que posso ser sem você?", é o que elas querem dizer, o que gostariam de dizer, um pedido desesperado para conter a partida dos filhos. Quem somos nós sem o outro, senhores?

Tentei com Pablo fugir da história que me assombrava, história que me assombrava e me perseguia, o medo do fracasso, da tragédia, buscar a trilha pela qual eu não me afundaria — que ingenuidade a minha —, a trilha de meu pai e de minha mãe, a história que eles queriam — ou eu julgava que eles queriam — que eu vivesse, o que eu deveria ser, deixando do outro lado, lá longe, em outra cidade, o que eu não deveria refletir — "insignificante", "insignificante"— a palavrinha vindo à tona, borbulhando, provocando calafrios. Era preciso fugir de tudo que me fizesse "insignificante", era preciso buscar o reconhecimento, o brilho, a notoriedade, a "significância". Pablo: Pablo era o homem que não me deixaria enroscar meus cabelos, queimar meu corpo, ficar na roda, sozinha, rodando, rodando. Ô Antonico no seu caixãozinho... Pablo era o mestre, o mentor, o pai. O intelectual, o advogado, um homem bem-sucedido, o professor, um sábio. Um homem que conhecia o mundo, um homem experiente, que pegaria minha mão e me conduziria aos céus. Talvez tenha sido isso o que me fascinou no estrangeiro: "patas pesadas sobre mim", patas me aquecendo o corpo — o contato sossega, senhores.

Ao mesmo tempo, eu sabia, percebi desde os tempos da universidade, o professor não era só o que transparecia ser, palpitava nele qualquer coisa estranha, um pouco de Rosário, sua cidade natal, outro tanto de Buenos Aires, ainda do Champs-Elysées, um pouco de cada lugar, pedaços que o faziam procurar, rodar, feito o cavalo no picadeiro (nisso, éramos iguais) à cata de alguém que o pegasse e o carregasse no colo, tirando dele, nem que fosse por alguns minutos, instantes até, as angústias do dia, tirando dele, por alguns minutos, instantes até, as angústias da vida, fazendo-o esquecer o que ele tinha deixado para trás, fazendo-o esquecer o que ele ainda encontraria pela frente, alguém que lhe contasse histórias e cantasse canções de ninar e assim apaziguasse o homem, deixando-o um menino — sem histórias, sem passado, sem dores nem mágoas. Não, não tenho dúvidas: foram muitas as mulheres, simultâneas mulheres, é bem provável, mas isso pouco afetou nossa vida — meus ciúmes não iam além do permitido. Eu era aquela com quem o mestre dividia a casa e, por muito tempo, achei que eu seria aquela que lhe daria um filho, aquela que lhe daria, ou ao menos lhe devolveria, a pátria. Terá sido isso que me fixou a Pablo: o desejo de resgatar no estrangeiro a pátria que eu, no meu provincianismo, julgava indispensável ao homem? Como se ele, envolvido por ela, criasse raízes em meu país, em minha cidade? Como se ele, envolvido pela pátria, se enraizasse em mim e, presa a ele, eu pudesse sobreviver, sem medos? Queria eu fazer do estrangeiro um interiorano?

Por que, senhores, por que temos a mania, quase a obsessão, de querer fazer o outro à nossa imagem e semelhança? "E Deus criou o homem à sua imagem e semelhança", será isso? Até quando teremos essa pretensão?

Voltemos a Antonio. Como explicar a meu homem interiorano que a vida não era só aquele quarto em que fazíamos amor? Como explicar a Antonio que o mundo era maior do que uma cidade de três praças, como explicar a ele que aquele rosto colado ao seu não era o rosto que eu via refletido nas vitrines das grandes magazines, como tentar explicar a esse homem que a voz que sussurrava a ele palavras de amor, românticas e ingênuas palavras de amor — como julga o mundo e talvez eu mesma — não era a mesma voz que brilhava nos tribunais, articulando metáforas e figuras de linguagem, exercitando a retórica — a voz, aí sim, considerada "produtiva"? Como tentar dizer a esse homem que a metade que ele conhecia em nada se parecia com a metade que ele não conhecia? Para Antonio, "o gringo" era um turista na minha vida, turista que um dia, certamente, iria embora, como os turistas fazem, partem, de um dia para outro, partem, sem deixar rastros — até dos livros eles se desfazem.

— Deixa isso pra lá — disse a Antonio, que a essa hora se afundava em meu corpo.

— Vamos aproveitar — ele me propôs.

— O amor não é tudo na vida — respondi, como se precisasse sempre sujar a alegria — o cavalo tropeçaria, os doces cairiam e eu ficaria sem nada.

— Pra mim, é. Pra mim, você é tudo — retrucou Antonio, me beijando apaixonadamente.

No hospital, quanto mais eu era tomada pelo tecnicismo da equipe médica — em nome de quem eles tomaram para si esse compromisso? —, mais sentia falta das palavras amorosas de Antonio, de seu romantismo, romantismo que eu rejeitei por toda a vida, igualando-o a uma certa pieguice típica de homens menos evoluídos, homens simplórios, capazes de amar uma mulher — como se o amor fosse uma mercadoria de menos valia, talvez uma mercadoria caipira.

— Se você não está feliz — disse Antonio —, vamos viver juntos, eu largo tudo, eu faço o que você quiser para ficar com você — proposta que eu neguei, imediatamente.

— Você está louco? — perguntei.

— Louco, por quê? Você é tudo para mim, já disse, você é minha vida, eu amo você, sempre amei — respondeu ele.

— Não posso.

— Não pode? — insistiu. — Se você já viu que não é feliz com o gringo.

— Não tenho como ser feliz sem ele — deixei escapar (talvez já adivinhando o futuro), desconfiando que, àquela altura, já era impossível ficar sem a outra metade, impossível ficar sem o prestígio do advogado, sem o *savoir faire* do cidadão do mundo — "um comerciante é um comerciante": eu repetia para mim as palavras que eu julgava dos outros, quanta ingenuidade, as palavras são cicatrizes, lentamente elas nos marcam, lenta, mas definitivamente.

— Eu faria tudo para ficar com você, mas se você acha que não pode, não me importa, eu vou continuar amando você, como se eu estivesse com você o tempo todo, mesmo quando eu não estou — e eu me lembrei: "eu te amo quando eu te amo e eu te amo também quando eu não te amo" —, você está comigo o tempo todo, mesmo que você não esteja, mesmo que você não queira, mesmo que queira continuar com esse gringo.

— Você não sabe nada — eu disse, talvez tão cruel como Antonio quando reduzia Pablo a um gringo — ou teria sido eu que o reduzi e agora me chocava com a palavra "gringo", menos sofisticada e cosmopolita que o termo "estrangeiro"? — Você não sabe de nada, Antonio — insisti —, Pablo não é o que você pensa, ele não é um gringo.

— Ah, não é, é o quê, então, carioca? — respondeu ele, debochadamente. E quando eu ia continuar, continuar a explicar por que eu não podia ficar com ele, Antonio, eu achava que eu não podia, não podia pegar o outro caminho, eu achava que eu não podia, eu poderia me perder, os cabelos enroscar, quando eu ia insistir, dizer outra coisa, mais uma coisa — como somos prolixos, senhores, como somos prolixos —, Antonio se levantou e disse: — Você pode falar o que quiser, Irene, não me interessa o que você fala. Eu te amo, quer você queira, quer não — "eu te amo quando eu te amo e eu te amo quando eu não te amo", mais uma vez me lembrei do verso de Neruda, e curiosamente, o estrangeiro era o outro. — E eu vou te amar para sempre, quer você queira, quer não.

Nada respondi, e disso me arrependo até hoje.

Quando voltei para casa, Pablo me perguntou se a reunião tinha sido boa. Respondi que não, que não houve reunião alguma. Ele não insistiu, talvez porque soubesse, mais do que eu, que as palavras são como fogos de artifício: elas brilham no céu, mas instantes depois se apagam.

Será o amor também fogo de artifício?

Naquela noite, senhores, é preciso dizer, não evitei Pablo. Não dormi em outro quarto. Não disse a ele que talvez quisesse me separar. Não disse a ele que tinha um amante, um amante de toda a vida, um amor, não, não disse a ele, não, não disse, não disse que, mais uma vez, tinha me encontrado com esse homem, o meu amante, e tinha feito amor com ele, não o amor morno que nós, burgueses e intelectuais, costumamos fazer, não, não disse a ele, senhores, que era um amor quente, um amor pleno, um amor intenso, não, não disse, não disse que talvez eu não fosse quem ele pensava que eu era, não, não disse. Naquela noite, eu me aproximei do corpo do mestre e após fazermos amor — o amor requentado dos burgueses e intelectuais —, pedi ao professor que me contasse uma história, uma história de um país que não era meu, uma história de um povo que eu não conhecia, uma história, uma história de lugares a que eu nunca tinha ido.

— Por favor, Pablo, me conte uma história — supliquei, certa de que eram as histórias que me faziam esquecer do outro lado e ao mesmo tempo eram as histórias que me faziam ficar ali — por favor, Pablo, me conte uma história.

Talvez intuitivamente, talvez sabiamente, o mestre não hesitou: abriu um livro — Borges naturalmente — e começou a me ler a história de Pierre Menard.

Pierre Menard, aquele que queria escrever um texto idêntico ao Quixote de Cervantes.

Quantas vezes nos prendemos a uma palavra, senhores, quando era outra, aquela que passou por trás de nós, na ponta dos pés, silenciosamente, que carregava o tesouro, o enigma que queríamos decifrar, a resposta que tanto buscávamos?

Ao escolher a história de Pierre Menard, o que o professor quis me dizer? Já sabia ele que eu, assim como Menard, não era confiável? Ao escolher a história de Pierre Menard, quis o professor me dizer que, como Menard, nós blefávamos?

Hoje, diante da mesa de madeira, revejo Pablo Hernandez fazendo suas anotações, revejo o livro que ele insistia em retomar, a foto de Borges, sinto a textura da capa da antologia, textura que o professor tentou transpor para as paredes de nosso quarto, como se quisesse, através da imagem, lembrar-se das palavras lidas e relidas, concretizando-as.

— Faça as paredes do nosso quarto como a capa desse livro — pediu ele ao pintor, trabalho que naturalmente ficou aquém do desejado, mas o professor não se importou — o *fake* também é arte — brincou.

Será que Pablo sabia ou ao menos pressentia que o que parecia ser não era? — como hei de saber? Ruínas, senhores, ruínas, escrevo sobre elas. Há horas em que abandono as palavras e fico a me perguntar: será mesmo preciso ir até o fim? Rastrear a memória? É a história que faz a memória, ou a memória que faz nossa história? "Escrever é mobiliar a casa", disse Eco. Narrar também. O que ocupar primeiro? Caixas e caixas de papelão se amontoam, pedaços de cama, livros pelo chão, vigas. É preciso tentar organizar, debruçar-se sobre o amontoado de coisas, selecionar, descartar, tentar montar a casa. Escrever é como mobiliar a casa. É preciso paciência, é preciso persistência, escrevo, abandono, escrevo: essa história deve ser contada, eu sei. Preciso provar aos senhores: a culpa não é minha, nem deles. A culpa é da palavra. É dela, a palavra. É ela, a vilã da história.

# VI

Lembranças, a noite no hospital me trazia muitas lembranças, lembranças, a noite no hospital me trazia imagens, muitas imagens, palavras, a noite do hospital me trazia palavras, as palavras que eu disse, palavras boas e ruins, as palavras que eu ouvi, palavras boas e ruins, cheiros, a noite no hospital me trazia cheiros, muitos cheiros, o cheiro de Antonio, o perfume de Pablo, a noite no hospital me trazia instantes, fugazes, inesquecíveis instantes — o portão fechado, o homem e a mulher no carro, ele encosta a boca dele na dela, eles tremem —, sensações, a noite no hospital me trazia sensações, muitas sensações e perguntas, muitas perguntas, a noite no hospital me trazia perguntas, perguntas na maioria das vezes sem resposta, como aquelas que a menina tinha, para as quais a única solução era ir para a cama da mãe e agarrar seus pés, até que chegasse a manhã — na manhã, todos os fantasmas seriam amordaçados, na manhã, os bandidos já teriam feito suas maldades, na manhã, os bêbados já teriam esgotado suas cachaças e agora seriam touros abatidos sobre as calçadas, na manhã, quando os homens saíssem vigilantes para o trabalho e as crianças, sorridentes para a escola, aí sim, aí não haveria mais perigo, não haveria mais risco, não haveria mais morte, não haveria escuro, não haveria medo, com o mundo acordado, a menina poderia dormir, dormir sossegada, a menina poderia esquecer, esquecer e dormir, a menina poderia dormir e esquecer. Quando o dia amanhecesse, o Monstro da Areia não viria mais jogar areia fina nos olhos da menina, seus olhos estariam limpos e ela poderia ver novamente a manhã, o sol, as ruas, ela poderia se ver, sem sombras.

À noite no hospital, eu buscava razões que justificassem o "acidente", como diziam os médicos, em sua ânsia por objetividade, por minimizar as tragédias, a morte, a perda — por que eles insistem? —, por que aquilo tinha me acontecido, por que eu, logo eu, tinha perdido o que me era mais importante? Como poderia continuar a ser o que era? Como um menino que é castigado pelos seus atos, eu procurava o que tinha feito de errado — por minha culpa, minha máxima culpa (mais uma vez). E naturalmente me vinham os dois homens, os homens que eu não consegui dissociar, os homens que eu não consegui associar.

Foram eles, não eu. Fui eu, não eles.

Quando reencontrei Antonio — mais um encontro —, nossos corpos já não eram os mesmos, obviamente, mas a

78

atração era idêntica. Eu continuava gostando da pele de Antonio, Antonio continuava gostando do meu cheiro e nós continuávamos gostando um do outro, gostando de nos amar, um caindo sobre o corpo do outro, um beijando o outro, um desfrutando dos braços, das coxas, das costas, do sexo do outro. Não, senhores, não irei me estender, e não é por falta de desejo — "Deus me deu um amor também no tempo de madureza" —, mas não acho que seja preciso, não acho que seja possível descrever o amor que envolve um homem e uma mulher, um homem e uma mulher que só têm em comum o amor, só em comum o passado, duas crianças se desejando: o menino de olhos grandes não consegue parar de observar a menina, ele não consegue parar de se encantar por ela, ela já está apaixonada, ele pega nos cabelos dela e diz "eu vou gostar de você a minha vida toda", a menina sorri, ela não se importa com nada, ela sorri e acredita na promessa dele, "eu também", ela responde, "pode acontecer o que for, eu vou gostar de você a minha vida toda", ela repete o que ele disse, sem se preocupar com a originalidade das palavras, para que tentar variar se somos os mesmos?

Sim, fizemos amor e, depois do amor, Antonio se levantou e me perguntou, ele me perguntou mais uma vez, senhores, a mesma pergunta, a vida toda, e eu respondi, senhores, a mesma resposta:

— Antonio, você já sabe — eu disse, mais uma vez com aquele meu ar de superioridade, eu, dona do mundo, tendo diante de mim um interiorano, eu, a mulher bem-sucedida, tendo à minha frente um comerciante —

"um comerciante é um comerciante" — um comerciante "insignificante". — Não, não posso.

— Por quê? — ele insistiu — Já não somos crianças.

— Não posso ficar sem Pablo, Antonio; não sei quem sou eu sem ele, não consigo ficar sem ele.

— Mas você também não é feliz com ele — ele retrucou.

— É verdade — confirmei —, e com você vai ser a mesma coisa.

Silêncio. Antonio vestiu sua roupa rapidamente. Eu me assustei:

— Você vai aonde?

— Se você não quer ficar comigo, se você ainda não quer ficar comigo, eu vou embora. Daqui a sete anos, vou fazer a mesma pergunta.

— Eu te amo, não me deixe, Antonio, por favor — supliquei diante da ameaça da partida dele — eu te amo, disse. — Eu te amo quando eu te amo e eu te amo quando eu não te amo.

Mas nesse dia minha declaração de amor não foi suficiente. Antonio foi embora. Por que desperdiçamos tantas chances? O que nos julgamos, gatos de sete vidas? "Insignificante", a palavra ainda sussurrava em meus ouvidos, era ela, a palavrinha, dita tantos anos antes, agora, tantos anos depois, que eu ainda ouvia, lá longe, a palavrinha. Sim, senhores, palavras não se perdem ao vento, as palavras grudam na alma.

# VII

Não é fácil contar esta história. Certamente seria melhor se, como nos filmes e livros, houvesse mocinhos e bandidos. Mas não há, não há. Avancemos, portanto, no tempo.

Em nossa casa, a fina flor da chamada inteligência carioca. É o aniversário de Pablo. Fala-se muito e fala-se alto. O aniversariante, o professor e advogado brilhante, o homenageado da noite, está quieto. Mulheres o rodeiam, mas ele parece se importar mais com o uísque do que com elas.

Penso no mestre há dez anos, penso em tantas mulheres que se encantaram por ele. Sedução, bela palavra, belo mistério.

Já de madrugada, largo Pablo na sala com amigos; eu já tinha feito a minha parte e não estava disposta a acompanhar o mestre em sua bebedeira — não mais. Para isso bastavam os professores. Os professores estão eufóricos, a festa os liberta do discurso neutro que se obrigam a ter, dia a dia, contidos pelas paredes apolíticas da sala de aula e pelos contracheques — exíguos mas indispensáveis —, o vinho os leva ao mundo dos ébrios, dos mortais, dos humanos — até a voz pausada, exaustivamente treinada para demonstrar uma sabedoria inatingível, cede lugar a uma gritaria confusa e excitada. Ouço os mestres — impossível não ouvi-los —, ouço a turma de advogados, ouço o *beautiful people*, convidado a enfeitar a festa; só não ouço o aniversariante.

Às três da manhã, ouço a porta se fechar, imagino que o último convidado tenha ido embora.

Algum tempo depois, outro barulho de porta, dessa vez mais forte. Pablo entra pelo quarto. O professor cheira a perfume vagabundo; bêbado, fede a cigarro. Pergunto o que aconteceu.

— Não suporto mais tudo isso, este país, essas pessoas, essa superficialidade, não suporto mais me sentir um estrangeiro.

A angústia de Pablo não me surpreende: desde os seus 60 anos o professor está em crise.

— De novo, Pablo? — ironizo.

— Este país não é nada, este país não quer ser nada, e isso vai nos transformar em nada, Irene — me diz ele, talvez tentando associar sua crise à nossa crise e à crise do país.

Busquei acalmá-lo com um argumento decerto mais esotérico que racional, "panos quentes", como dizem os conciliadores.

— Isso é inferno astral, professor, é seu aniversário, daqui a pouco passa.

— Eu não suporto mais — ele diz.

— Não suporta exatamente o quê? — perguntei eu.

— Eu não suporto mais essa conversinha que não vai a lugar algum, eu não suporto mais as palavrinhas fúteis, eu não suporto mais a superficialidade.

— Você quer o quê, Pablo? Que as pessoas venham a uma festa e façam discursos? Que elas discutam a crise política, institucional? Que elas falem da arte e da contracultura? A superficialidade faz parte do homem, que culpa você tem disso, professor?

— Esse seu pensamento pequeno-burguês me irrita, Irene, a vida não é essa bobagem em que você parece acreditar, não estamos no mundo do faz de conta.

— Não venha tentar me ensinar o que é a vida, professor, o muro já caiu há tempos —, zombei.

— Você me envergonha — disse ele — disse? (Devo esclarecer, senhores, não me lembro bem se "envergonhar" foi o termo escolhido pelo professor, talvez seja confusão de meus ouvidos, sempre escutando tiros, mesmo em tempos de paz.)

— Relaxa, Pablo, a vida também é *glamour* — e aí eu sabia o quanto estava sendo cínica, ainda mais porque Pablo vivia um momento ruim, acentuado por seu afastamento da universidade.

— Você não muda, Irene. Você continua a ser a filha mimada, a aluna alienada. Você só está interessada no seu mundinho. Você não teve a delicadeza, na noite do meu aniversário, de chegar perto de mim, você não olhou para mim, você não me quer, aliás, acho que você nunca me quis. Me diga, Irene, por que você ficou comigo esse tempo todo? O que quis de mim, um lugar de prestígio?

— Ah, por favor, professor, não venha agora querer fazer uma revisão do passado. Se o senhor está deprimido, eu posso até entender, mas, sinceramente, não posso fazer nada por isso — respondi com sarcasmo, não querendo dar a Pablo chances de continuar sua crítica, que tanto prazer lhe dava — professores gostam de fazer análises e articular reflexões e paralelismos que só eles veem.

— Não pode mesmo, Irene, você não pode fazer nada por mim; disso eu tenho certeza. Até porque você sabe muito pouco de mim, você não sabe nem o que eu senti ontem nem o que eu estou sentindo agora.

Nisso, o professor estava certo: pouco sabíamos um do outro. Jamais imaginei do que Pablo seria capaz. Conhecemos muito pouco as pessoas com quem convivemos, não é, senhores? O outro só nos interessa na superfície. Não queremos descer a camadas mais profundas, talvez porque, de outro lado, não estejamos nem um pouco interessados em que o outro nos conheça.

— Você sabe aonde eu fui? — continuou o professor, agora mais desafiador.

— Não é difícil imaginar, professor, argentinos gostam de rua — respondi, com ar de deboche.

— Pois fui, fui para a rua trepar, eu fui — desculpem, senhores, desculpem o vocabulário chulo, mas os senhores sabem: às vezes é melhor transcrever do que contar, nada como a própria palavra para revelar o que se esconde por trás dela. — No dia do meu aniversário, tendo mulheres lindas e cheirosas ao meu lado, damas de salto alto e sutiã rendado, cangotes de perfume francês, eu preferi ir para a sarjeta e trepar, trepar com uma puta, eu também busquei a minha puta velha triste, eu, que sempre acreditei nas relações livres, paguei para que essa puta fizesse sexo comigo, não é a decadência, Irene? — continuou ele.

— Não, Pablo, não é a decadência — mesmo ofendida, resolvi naquele momento, diante do rosto vermelho do professor, de sua fala trêmula, de sua embriaguez, de sua visível decadência, ser generosa, talvez porque sabia que alguma — ou toda — verdade havia na sua raiva, eu não tinha mesmo ficado a seu lado na festa, eu não tinha mesmo sido uma boa amante dele por todos esses anos, eu decerto fui uma advogada mediana, advogada de ricos, uma advogada politicamente incorreta, eu ainda me preocupava com a opinião de minha família, eu tinha Antonio —, não é decadência, Pablo, é só bebedeira —, prossegui, com voz mais branda, tentando mais uma vez suspender a discussão.

— Você acha mesmo que o problema é esse, Irene? Eu, pagando por um gozo falso, isso não lhe diz nada?

— Ninguém distingue mais a cópia do original, professor — tentei argumentar —, as mercadorias que os camelôs vendem são as mesmas que estão expostas nas vitrines das grandes grifes; nos museus, cópias são exibidas como se fossem as obras de arte, o falso e o verdadeiro, a mentira e a verdade, tudo se confunde.

— Tudo, menos nós — ele refutou —, nós não nos confundimos, Irene. Somos opostos, água e vinho. Você é uma advogada pequeno-burguesa, mais preocupada em agradar o cliente do que em vencer a causa. Sinceramente, Irene, você não me agrada mais, você não me dá mais tesão — disse ele em tom agressivo.

O golpe quase me derrubou, mas resolvi reagir na mesma linha. Escolhi um argumento mais físico que epistemológico:

— Se você está impotente, professor, o problema é seu, não meu — respondi sem hesitação, sem sequer olhar os olhos do mestre. — As coisas mudam, nada é para sempre — completei, buscando no lugar-comum uma tese que reforçasse a acusação.

— Não disse? Não disse que você é pequena, Irene? — gritou ele. — Se você pensa que me ofende, não me ofende. A essa altura, você ainda é uma mulher preocupada com sexo. Você não me interessa mais.

— É mentira, professor, você sabe que é mentira — respondi enfurecida, disposta a vencer a causa e não agradar ao cliente. — Você sabe que está dizendo isso porque não consegue mais me dar prazer. É isso, Pablo — disse furiosa contra o homem que, mesmo bêbado, ainda era superior a mim, capaz de articular as palavras de forma a me derrubar. — Você não consegue mais ter uma mulher, Pablo, e isso é o que está te enlouquecendo, você está impotente — repeti, e fiz questão ainda de concluir: — O rei está nu. — Do que somos capazes, não, senhores? Por que tanta raiva? Por que nos sentimos tão testados pelo outro?

— Não seja ridícula, Irene, então, por que fui à cata de uma puta? — perguntou ele cinicamente. — Foi para conversar com ela?

— A puta não cobra a sua sabedoria, professor, ela não cobra a sua coerência, a puta não sabe do seu passado, não conhece seus pontos fracos. Com certeza, deve ser mais fácil. A puta não se interessa pela sua *performance*, ela não quer saber do seu desempenho. O dinheiro é que interessa, e isso você tem, não tem?

Bêbado, mas ainda lúcido, tenho de confessar, o professor veio em minha direção e tirando a roupa (seu corpo refletia um evidente cansaço), segurou meu rosto com força e disse:

— Ok, Irene, ok, eu sou um estrangeiro, um estrangeiro — ele acentuou a palavra "estrangeiro" —, "um argentino" — o que é pior, não é, eu sou um dos *hermanos* que vocês tanto odeiam; ok, um estrangeiro, um homem que nunca quis se ater a nada nem a ninguém, um homem que se afastou de seu país, se afastou de sua família, um homem que fez um filho e largou este filho, ok, eu sou um estrangeiro, um estrangeiro agora impotente, como você está dizendo, velho e impotente, mas e você, Irene, quem é você? — e aí ele gritava: — Quem é você, Irene? Diga, pare de olhar para os outros, os estrangeiros, olhe para você, Irene, quem é você? Você é Nicole? É Fanny? Quem é você, Irene? — repetia o professor, aos gritos. — *Qui quieres, Irene? Qui quieres?* — berrava ele.

Nicole e Fanny, a francesa e a africana dublê de francesa que divertiram dois argentinos em Paris — uma das muitas histórias que o professor me contou sobre suas aventuras com as mulheres; ele gostava de narrá-las, e eu, de ouvi-las. O *voyeurismo* excita. Nicole e sua pele branca, Fanny morena; Nicole e suas pernas longas, Fanny e sua boca grande, Xavier e seu corpo musculoso, Pablo e seu corpo frágil. Os quatro no apertado elevador parisiense, a madrugada no quarto de hotel, os dois amigos — ora bebendo numa mulher, ora noutra —, o êxtase.

Nicole ou Fanny — quem era eu? Ou ainda, quem desejava ser?

Tentei recuar, não havia adversário capaz de golpear Pablo, nem na tribuna, nem fora dela:

— Por favor, professor, o senhor está bêbado, mais uma vez o senhor bebeu demais, professor, é melhor dormir, amanhã o senhor recupera a sua lucidez e tudo volta ao normal — respondi, com mansidão e com deboche.

Ao acordar na manhã seguinte, Pablo não me contou os sonhos da madrugada — ele gostava de narrá-los e os narrava tão bem que muitas vezes desconfiei que, em vez de sonhos, eram fragmentos de contos de Borges que ele me contava. Nessa manhã, Pablo me disse, profeticamente:

— As palavras são de uma violência assassina, Irene. Repare: temores, ódios, mágoas; tudo escorre pelas palavras — falou o professor, com uma melancolia que chegava a doer.

Por que só agora, passado tanto tempo, senhores, me detenho às palavras do mestre? Por que não prestamos atenção ao que nos falam? Será esse um defeito só meu ou de todos nós?

Se naquela manhã eu tivesse ouvido Pablo, se naquela manhã eu tivesse pensado que o que ele me dizia não se referia só àquela noite, o que ele me dizia não se referia só a nós dois, mas à vida inteira, à sua vida, à nossa vida, se naquela manhã eu tivesse ouvido Pablo, sinceramente

ouvido Pablo, talvez — talvez, não, muito provavelmente, senhores — eu não estivesse aqui tendo de fazer essa
defesa, se naquela manhã eu tivesse ouvido Pablo, sinceramente ouvido Pablo, talvez — talvez, não, muito provavelmente, senhores — eu não estivesse aqui tendo de
fazer esta confissão. Por isso lhes digo: ouçam.

# VIII

Três meses depois do aniversário de Pablo, voltei à cidade, à pequena cidade onde nasci.

Fazia frio quando avistei o Cruzeiro do Sul. Lembrei Pablo: "O *fake* também é arte". Lá estavam os sobrados, a praça florida, o pequeno cemitério no alto do morro, as calçadas inclinadas, o sino da igreja, os cachorros magros, uma ou outra carroça, os velhos nos coretos.

O mundo parara ali?

Não, eu não era Fanny nem Nicole. Eu era aquele cheiro de lírio, o silêncio da manhã, o cortejo que cruzava a rua carregando o pequeno caixãozinho, eu era a banda na praça, a vó de cabelos brancos, a goiabada feita no fogão à lenha, as mulheres com guarda-chuvas floridos pelas ruas fugindo do sol. Eu não era Paris, não, nunca fui Paris. Tampouco Buenos Aires. Eu era a pequena cidade do interior. A procissão da semana santa. o ιamento αe Maria Madalena sempre sangrou minha alma.

Naquele ano, sangraria mais: eu estaria com Antonio de volta a um ambiente que tinha povoado meu imaginário durante toda a vida. Estaríamos novamente ali, Irene e Antonio, dois primos, primos de primeiro grau, primos que tinham se amado à distância durante tantos anos. Estávamos de volta. Talvez um sonho, um sonho ou um delírio, talvez um sonho, um sonho e um delírio.

Antonio estava só com os filhos. Minha avó os acomodou no quarto em que ficavam hospedados meus tios, o quarto de frente da cozinha, o pior da casa: desde cedo, as gordas cozinheiras batiam as panelas e falavam alto, enquanto ferviam o leite e faziam o doce de mangaba. Para a neta carioca, a bem-sucedida advogada, foi reservado o quarto da varanda, logicamente o mais confortável, o mais arejado, onde tantas vezes dormi com meus pais, ao pé da cama.

Durante o dia, comemoramos o aniversário da matriarca: doces de figo e de laranja, missa rezada pelos dois padres da paróquia, a criançada alegre nos balanços, os netos menores correndo pela casa e derrubando coisas, a avó a ralhar. À noite, a sopa quente encerrava a festa. Antonio, na cabeceira, passou o jantar calado, mas pude perceber que ele me olhava. Eu não consegui olhar para ele mais do que olhei para meus outros primos que lá estavam. "Você continua a ser uma menina mimada, preocupada com o que os outros vão pensar" — Pablo tinha razão. Eu ainda tinha medo de que os outros percebessem que a "mulher viajada" era no fundo uma interiorana.

Terminada a sopa, cada família se recolheu ao seu quarto. Em poucos minutos, silêncio. Só se ouviam o barulho da chuva e um ou outro murmúrio de mendigos pelas ruas. Sob as cobertas, eu escondia meu frio e minha ansiedade.

Logo depois das doze batidas do velho relógio — o "cuco", como chamávamos quando crianças —, Antonio bateu na porta do meu quarto. Sim, senhores, o que tenho a lhes dizer dessa noite é simples: foi uma noite de amor, uma noite de paixão, uma noite como jamais eu vivera antes. Antonio e eu fizemos amor, senhores, fizemos amor uma, duas, três vezes, fizemos amor, senhores, muitas vezes, fizemos amor tantas vezes, senhores, que fizemos amor por toda a vida.

— Eu te amo — ele me disse.

— Eu também te amo — respondi.

— Eu vou ficar com você para sempre — ele me prometeu, senhores, ele me prometeu — por que não cumpriu? Fui tão feliz aquela noite, senhores, que bastaria aquela noite para toda a minha vida ser feliz.

Por que não nos contentamos com aquele encontro? Por que quisemos ainda uma outra noite? Por que queremos sempre mais?

Quando o dia amanheceu, Antonio vestiu sua roupa e cruzou o corredor. Antes que o café fosse posto à mesa, juntei minhas coisas e parti, parti deixando para trás as pitangueiras, parti deixando para trás o Cruzeiro ainda iluminado, para trás a estação de trem desativada, o mendigo deitado no banco da praça, parti, parti deixando as memórias, a infância, certa de que não havia mais por que ficar ali, minha vida não era o passado, não era aquela cidade, mas, misteriosamente, inexplicavelmente, era um homem, um homem que conheci ainda menina, um homem que conheci naquela cidade, inexplicavelmente, o amor tinha resistido, tantos anos, resistido, sem lógica e sem fundamento, os primos, primos de primeiro grau, os primos ainda se queriam e não havia por que viver sem esse amor, não havia por que eu viver sem Antonio, o homem da minha vida, agora eu queria dizer: era ele, Antonio. Era por ele que eu ia largar Pablo. "O amor não é uma invenção literária", pensei, o amor é substantivo concreto.

Acelerei. Cruzei pastos, boi e boiada, cruzei lama e atoleiro, cruzei um passado que não se desprendera de mim, mas não avançara, era preciso não olhar para trás, jogar fora as palavrinhas cruéis, no lixo as maldades embutidas, era preciso jogar fora o medo, a ambição, a insegurança, era preciso deixar de ser — como disse Pablo, ironicamente, pois contra ele — a filha em busca do reconhecimento da mãe. O mal não me aconteceria, os espinhos não me feririam, o cavalo não tropeçaria, os doces não cairiam na ponte, eu não me perderia na floresta — quanta ironia do destino, as palavras são feiticeiras, senhores.

— Você vai mesmo? — Pablo me perguntou, alguns dias depois, enquanto tomava seu café — tem certeza?

Feito criança nos minutos que antecedem a entrega da prova, sem coragem de olhar o professor e enfrentar seu olhar — ele poderia questionar meu lugar e considerar qualquer resposta insuficiente, infundada ou incoerente —, respondi, propositalmente de forma imprecisa, fechando uma das duas malas apoiadas junto à porta:

— Vou, preciso ir.

— Precisa? Precisa por quê? — por que senhores, por que insistimos tanto para que o outro nos apresente justificativas, explicações, razões? Terá a palavra um poder calmante?

— Quero viver um outro lado — respondi —, conhecer outros lugares, preciso ir.

— Conhecer outros lugares ou conhecer você mesma? — o mestre se arriscou, e diante da minha hesitação, argumentou: — Essa é uma tarefa inútil, Irene, podemos conhecer o outro, mas nunca conheceremos a nós mesmos; não somos capazes de tanto.

Novamente o professor acertava. Eu não era capaz de me revelar. Não falei de Antonio, muito menos da decisão do último encontro. Não falei que eu precisava ir para poder viver essa história, história que quase nasceu comigo, história que, aliás, existia antes de eu nascer. Não, não tive coragem. Sabia que o mestre era frequentador de bancas acadêmicas, especialista em arguir candidatos: colocar a nu o candidato é o gozo.

"Retórica", talvez ele dissesse depois de ouvir minha explicação, "pura retórica".

Recorri a um eufemismo:

— Preciso de um tempo, Pablo.

O professor abriu a porta e disse à aluna de olhos marejados:

— *Hasta la vuelta, Irene, hasta la vuelta.*

Mas dessa vez Pablo não fechou a porta, ele a bateu com tanta força que de longe fui capaz de sentir sua raiva.

# IX

Os senhores têm razão: verdade é que eu e Pablo nos separamos, mas não nos largamos. Os sentimentos não são tão nítidos assim, senhores, nem sempre é possível perceber todos os seus contornos. "Podemos conhecer o outro, mas nunca conheceremos a nós mesmos; não somos capazes de tanto" — Pablo estava certo.

Não consegui — ou não quis — me libertar do estrangeiro. Uma ponta da corda amarrada em um canto, outra ponta amarrada em outro; ora sendo puxada para alto-mar, ora levada para a areia. E todo o tempo o incômodo, um incômodo que volta e meia eu sentia, porque, mais do que me levar a dois homens, me levava a mim — o original e a cópia, Fanny e Nicole, quem era eu? Quanto de mim era eu mesma, quanto de mim eram os outros — a mãe, o pai, o advogado brilhante? O interior e o ex-

terior, o interiorano e o estrangeiro, a mentira e a verdade
— *qui quieres, Irene, qui quieres*?

O que acontecia quando eu encontrava Antonio? Por
que eu era tomada por um — estúpido ou não — romantismo? Por que não havíamos nos desligado um do outro,
passados tantos anos? O amor, o erotismo, a sedução —
essas palavras, senhores, essas palavras proibidas de fre-
quentar a sala de visitas, essas palavras proibidas de se
sentar nos bancos escolares, são essas palavras que revelam nossas emoções mais fortes, as emoções que decidem
nossa vida. Emoções que eu tentei a vida toda controlar,
porque de alguma forma elas indicavam um provincianismo, um mundinho pequeno demais diante daquele a
que eu podia ter acesso, minha escolha seria considerada um erro, um "desperdício" — desperdício de talento,
desperdício de currículo, desperdício de sentimentos,
desperdício de oportunidades — e eu seria, quem sabe, eu
seria vaiada, ridicularizada, eu seria afastada dos grupos,
a mim caberia a cama do quarto de baixo, o lugar fora
da mesa principal, o quarto em frente à cozinha, eu seria
banida, expulsa, exilada — ah, senhores, os cinco olhos
do diabo e os mil da família a me espreitar. Havia uma
tarefa destinada a mim, uma missão que me deram —
ou que eu me dei —, havia, havia um futuro, um "futuro
promissor" reservado para mim na próxima esquina, e o
que me diziam — e o que eu mesma me dizia — era que
eu precisava apenas seguir, seguir a história, era só assumir o meu lugar nela, garantir a continuidade, simples,
eu deveria apenas acompanhar o curso do rio, o curso
da vida, o futuro já estava escrito, o futuro já tinham es-

crito, eu deveria apenas ir a seu encontro e brilhar. Sim, com Antonio eu não subiria o monte Carmelo — ele era "insignificante" —, mas Pablo, Pablo era o advogado, o professor, o estrangeiro, o bem-sucedido, o sábio, com ele eu chegaria aos deuses.

Talvez por isso eu não tenha conseguido largar o professor. Sim, eu não consegui. Volta e meia — é terrível confessar, mas é verdade — eu ia à casa de Pablo e, como se ainda fosse sua mulher, farejava quem havia passado por lá. Não gostava quando encontrava vestígios femininos, e eu encontrava, sempre encontrava — no lençol, no banheiro, na mesa de café posta com duas xícaras —, eu encontrava. Acho que o professor temia o momento em que seu corpo não atenderia mais a nenhum de seus desejos e, certo de que isso não demoraria a acontecer, a cada dia mais mulheres convidava para sua cama. "Amar, verbo intransitivo." Algumas vezes, cheguei a questionar Pablo: ciúmes? Talvez. *"Qui quieres, Irene?"* — insistia ele nesses momentos, como se a pergunta lhe garantisse um certo alívio; era uma forma de manter o poder em suas mãos: era ele quem indagava, era ele quem sabia; do outro lado, eu era a aluna a ser testada, provada, a aluna que não sabia quem era, a aluna que não sabia exatamente o que queria, a aluna cuja aprovação dependia ainda do mestre. *"Qui quieres, Irene?* Foi você quem quis embora, não foi? Por que volta? *Qui quieres, Irene?"*

Sem nunca saber exatamente o que queria, certa noite, me lembro bem, mais uma vez eu voltei. Estávamos em setembro, era uma noite de lua cheia e eu me sentia bastante sozinha. Parti para a casa de Pablo, levando para ele uma pequena árvore japonesa, um *bonsai* — o agrado funcionaria como contrapartida a minhas constantes voltas. Quando abri a porta — Pablo nunca pediu que eu devolvesse a chave —, percebi que o professor não estava sozinho. Não foi difícil reconhecer a mulher que ocupava a cama do mestre. Era Ana, a militante. Ana e eu tínhamos a mesma idade, mas rapidamente notei que o corpo dela era bem melhor que o meu, era mais sensual. Tentei fechar a porta sem que Pablo e ela percebessem meu desaponto. Mas Pablo foi rápido:

— Irene, que adianta passar a vida inteira querendo olhar sem ver? Descortina, realiza, fica. Não sei por quê, mais uma vez obedeci ao mestre: as palavras de um professor têm poder sobre seus alunos, mesmo quando eles não compartilham mais a sala de aula. Em pé, na porta do quarto, vi Pablo e Ana se amarem na cama do quarto cujas paredes eu vi pintar. Não, senhores, não vou reconstituir o crime, não sou perita. Além do quê, o que ressoam em mim não são as imagens que vi, mas as palavras — não aquelas que eles se diziam ali, na cama —, mas as palavrinhas anteriores, aquelas que o professor usou para se referir à aluna, em outras ocasiões, quando eu pressentia — mas ainda não tinha provas, ainda não tinha visto — que a história do professor e de Ana ultrapassava a sala de aula e a universidade. As palavras, senhores, as palavras que um homem escolhe para qualificar uma mulher para outra mulher, ah, essas palavras nunca mais nos largam, elas fingem que voam, mas quando menos imaginamos, elas pousam, como um sinal, um sinal de que há mais vida na terra do que nós, há outras mulheres, o amor não é tão fiel assim. O ciúme — como controlá-lo?

Na manhã seguinte, ainda em estado de choque, disse ao mestre que jamais esqueceria o que ele me fez ver.

— Não fui eu que fiz, Irene, por favor, não deturpe os fatos. Foi você que desejou ver, eu só encenei — foi tudo o que o ele me disse, como se nada de extraordinário tivesse acontecido.

— Não gostei do que vi — respondi.

— Ciúme? — respondeu ele. — Ciúme de um homem bêbado e impotente?

Pablo também tinha guardado minhas palavras. Respondi com mais raiva:

— É você quem está dizendo.

— Eu posso não mais interessar você, Irene, mas posso interessar outras mulheres. A liberdade é um direito de todos. O amor também.

— O amor é uma invenção literária, professor — devolvi a ele a frase que ele me dissera a primeira vez que fui à sua casa. Pablo sorriu, pondo fim à conversa.

Durante algum tempo, fiquei sem voltar à sua casa.

Até que um dia — sim, eu sei, o jogo precisa chegar ao fim — me deitei com Pablo, e sem chegar ao gozo — ele disse que sua impotência só se dava comigo e eu, para responder à altura, disse a ele que só o amor provoca o gozo, revelei — sempre falando mais do que devia — que havia outro homem. Sim, eu provoquei Pablo — vingança à sua impotência diante de mim?

A partir dali, tudo ficou mais difícil. Contraditoriamente, o estrangeiro que não acreditava no amor ("o amor é uma invenção literária"), o estrangeiro que nunca quis compromisso ("casamento é uma instituição falida"), o estrangeiro que não quis ter filhos ("agora eu posso ficar com você a vida toda"), o estrangeiro que se recusava a ser fiel ("a monogamia é uma das mentiras da classe média"), desmontou. Pablo não aceitou a ideia de que eu não o queria mais, ou que ele não era o único homem da minha vida. O professor podia não gozar por mim, mas não aceitava que eu não gozasse por ele. Era ele que largava as mulheres, os países, o passado. Ele, não elas. Ele, não eu.

Pablo foi à minha casa diversas vezes. Algumas vezes com flores, outras, com pedras. Ainda outras, bastante deprimido e em geral embriagado.

— Você não sabe o que é se sentir invisível, invisível e impotente. É insuportável.

Velhice, impotência, traição — palavras amargas, com certeza, até para um estrangeiro que julgava que o amor e a fidelidade eram construções do mercado. "Impotente": a palavra é punhal no peito. Acreditem. Não subestimem a palavra, ela é a "arma terrível", de que falava o menino de Graciliano. Os senhores sabem: a palavra é a arma terrível.

# X

*Shit happens, shit happens*, disse o médico moderno, é um choque, mas *shit happens*: ele tem uma motocicleta, ele fala inglês, seu bloco de receita é em papel reciclável, ele cobra uma fortuna, provavelmente ele trai a mulher com as enfermeiras, melhor se for com as pacientes, isso se forem bonitas e poderosas, aí pode ser, *shit happens.*

— Você vai precisar da ajuda dos outros, no início não vai conseguir se comunicar e isso representa uma alta dose de angústia, é um choque, mas aos poucos você cria alternativas, ninguém morre de silêncio — disse o médico, ele é moderninho, ele é bacana, *shit happens*, ele dá um risinho como se estivesse contando uma piada; *shit happens.* — Mas agora é preciso levantar a poeira, olhar para a frente, tudo depende de você.

"Depende de mim?", tive vontade de perguntar, o senhor me deixa sem meu principal instrumento de trabalho, o senhor me deixa ilhada, o senhor me deixa sem comunicação, e agora me diz que depende de mim? Vou usar a linguagem dos surdos, a linguagem dos mudos, vou usar a não linguagem?

— Você está preparada? — insiste ele. — É preciso fazer a passagem, reconhecer que você não é mais a mesma, as coisas mudam, temos que acompanhar as mudanças — novamente ele estava sendo ridículo, foi o que pensei, quando ouvimos o que nos falam sem precisar dar uma resposta, sem precisar confirmar nossa atenção, nossa inteligência, nossa capacidade de argumentação, as palavras que nos dizem ganham um sentido muito mais apurado, nós as enchemos de sentidos. — Quando alguém perde a perna — o médico agora se dirigia à minha mãe e a meu pai, como se devesse a eles alguma explicação, talvez mais alguns minutos da consulta pela qual pagariam caro —, a perna é uma coisa que estava ali e não está mais, a falta de perna evidencia a ausência; agora, quando se perde a voz, é diferente, não tem aviso, não tem sinal, a pessoa tenta falar e aí vê que não pode, não pode mais. Mas ainda bem que foi só isso, é, a princípio foi só isso. Só o tempo vai nos dizer, vamos dar tempo ao tempo — repetiu ele. "Tempo ao tempo", repeti para mim, "tempo ao tempo".

Até lá, eu poderia buscar uma resposta, encontrar uma explicação para o que me acontecera: foram as palavras que eu disse, foram as palavras que eu não disse, a construção — e a desconstrução — de tantas verdades, ou uma resposta dos deuses — ou do diabo — à minha traição? Eu, uma adúltera — mas o estrangeiro nunca quis casar, o estrangeiro não quis compromissos, o estrangeiro não quis nem ter o filho, talvez tenha sido isso, uma condenação por eu ter calado um filho, uma vida que poderia ter sido e não foi, quem sabe o desinteresse por Juan, o menino argentino? Ou terá sido a forma como conduzi o amor de Antonio, nunca dizendo a ele o que ele queria ouvir? O amor dividido, o amor partido, provocando aquele silêncio, aquela ausência invisível — eu não tinha febre, não tinha a barriga cortada, não tinha cicatriz, eu não tinha feridas, não me tinham tirado um pedaço do corpo, eu estava perfeita, eu estava inteira, no entanto tinham cortado a minha essência, cortado a minha coluna, cortado minha forma de me comunicar com o mundo, rompido a ponte. Tinham me castrado. Ou fui eu que me castrei? Precisei eu arrancar a minha voz para ser outra? Precisei me dar uma punição tão violenta? Ou foram as palavras que ouvi, justo na festa de meu aniversário, meus cinquenta anos, que dessa vez, em vez de me provocarem vômitos, as palavras que ouvi, em vez de me provocarem náuseas, dessa vez, as palavras que ouvi provocaram uma turbulência incontrolável dentro de mim? Havia uma razão, ou a vida e a morte não têm mesmo a menor explicação?

A tarde caía, era a hora mágica, — assim nomeiam os fotógrafos o instante em que o sol se põe, um instante mágico, só um instante, o sol vai se apagando e num instante ele se esconderá, há de se estar ali, com tudo pronto, a câmera, as lentes, o foco, ou se está pronto ou não se filma — era a hora mágica, e ali no quarto, depois da *via crucis* de mais de um mês, o médico avisava que eu estava pronta para deixar o hospital, enfim, eu estava liberada, é o que o médico moderninho dizia, não tinha mais o que ser feito, *shit happens.*

— Você está pronta? — perguntou o doutor.

Não, definitivamente, eu não estava pronta para não dizer bom-dia aos vizinhos, eu não estava pronta para não falar ao telefone, eu não estava pronta para não mais poder conversar, eu não estava pronta para não fazer audiências, eu não estava pronta para não fazer mais declarações de amor — mesmo que hesitantes —, eu não estava pronta para não poder mais brigar, definitivamente eu não estava pronta para o silêncio.

— Dos males, o menor — foi minha mãe ou meu pai quem disse? Qual dos dois me conhece tão pouco a ponto de achar que há algo pior para mim que o silêncio? Foram os deuses da palavra que me deram o sucesso e a fortuna. E agora, com todas as coroas, louros, títulos expostos em praça pública, eu era obrigada a me preparar para o silêncio, eu era obrigada a ser outra pessoa, eu era obrigada a incorporar uma Irene que eu não conhecia, uma Irene muda. A vida é justa, senhores? Por favor, parem um minuto e pensem: a vida é justa?

O abismo entre a palavra e o mundo é imenso — disse a professora Helena Castelli em uma carta a Pablo, que teve a crueldade de me ler, logo um dia pela manhã, como se a professora não significasse nada para ele. Se pudesse, eu responderia à professora: o abismo entre a palavra e o mundo pode ser grande, mas o abismo entre o mundo e o silêncio com certeza é muito maior.

*Shit happens.* O que teria provocado aquilo tudo? De um minuto para outro, *stop*. *Shit happens*, sua vida vai mudar: você vê seu amor com outra pessoa. Seu filho sofre um acidente. Você perde o emprego — por que não pensar que a vida também muda para melhor? *Stop*. Você ganha um prêmio. Você encontra na esquina o amor da sua vida. Você é feliz.

Não foi o que aconteceu comigo. A profecia se realizou. As palavras são feiticeiras, senhores. *Shit happens*. As coisas nos acontecem ou nós fazemos com que aconteçam? Não sei, senhores. E nada importa mais. Não há volta, não há sequer possibilidade de revanche.

Teria sido diferente se eu não fizesse aquela festa?

Fui eu quem quis. Sim, fui eu quem quis comemorar meu aniversário como os outros comemoram, com uma grande festa. Buscamos reconhecimento, buscamos homenagens, precisamos delas, não, senhores? Eu desejei comemorar a minha viagem à terceira margem do rio. As malas já estavam sendo arrumadas. Minha mãe — sempre ela — já fora avisada. A resposta, naturalmente, foi venenosa: "Você não tem jeito, vai largar um homem como Pablo para se juntar a um homem que não é do seu nível, um homem insignificante, isso não vai dar certo." Minha mãe repetira o adjetivo: insignificante. Os anos passaram, mas sua boca continuava a despejar mais fel que mel.

Dessa vez, não dei importância às suas palavras. Convidei amigos, convidei a família, convidei Pablo. Não convidei Antonio, não era dia nem hora, ainda não era. Tudo seria como previsto, tudo seria conforme tínhamos combinado no nosso primeiro encontro; sete encontros, de sete em sete anos. E se o sétimo encontro houvesse, e se o sétimo encontro fosse cumprido, ele seria o último, a última etapa, a última prova, dali em diante viveríamos juntos, juntos até o fim — era uma sina, um destino a cumprir. Esperávamos o momento, ele chegaria, sim, ele chegaria.

Pablo chegou à festa já tarde da noite. Não veio só. Com ele, Carmén e o pequeno Juan. O professor parecia já ter bebido bastante, ele falava alto e sua voz tremia. Sem a bebida, tenho certeza, Pablo não ousaria chegar com Carmén, "a jornalista sem pudor", como ele costumava se referir à mãe de seu filho.

A presença dos três me desnorteou. Lembrei o filho que Pablo não me deixou ter. Senti ciúme, sim, senhores, confesso, senti ciúme daquela família que invadia minha festa sem ter sido convidada. Eu não escolhi conhecer Juan, nem em Buenos Aires, quanto mais em minha casa, no meu aniversário. Minha perturbação me colocou contra a parede: "Ciúme? Que papel ainda tem Pablo na sua vida? Não é Antonio que você ama? *Que quieres, Irene? Que quieres?*" — como as palavras se prendem a nós, elas não se desgrudam, quanto mais inoportunas, mais se fixam.

Tentei me controlar, disfarçar o incômodo, não olhar para a família, não revelar a Pablo que ele me atormentava, ainda me atormentava, tentei disfarçar, até que o mestre me puxou para o salão. Ele pediu, pediu alto, que pusessem uma música que tinha marcado a sua vida, não era uma música brasileira, nem um tango argentino, era Aznavour, naturalmente, foi Aznavour que Pablo pediu, não sei como apareceu a música, sei que a música começou a tocar, alta, mais alta que as anteriores, "Um homem não chora porque aprende cedo a não olhar para trás", a música do nosso primeiro encontro, não era um tango, não era um samba, era uma música francesa, "Paris não me sai da cabeça", a música daquela manhã, uma manhã de maio, eu me lembro, o dia em que a aluna foi pela primeira vez à casa do professor, é verdade, eu estava encantada, encantada pelo mestre, um homem mais velho, um homem experiente, um homem sedutor, eu queria conquistá-lo, eu queria ser sua mulher; mas e agora, o que eu queria, e agora, o que eu ainda queria, o que eu podia ainda querer?

Dançamos, Pablo me apertava contra ele, e sussurrava, sem se importar com quem nos rodeava, ele sussurrava, sem se importar com Carmén e Juan:

— Irene, sinto saudades de você, sinto sua falta.

— É mesmo, professor? E suas namoradas, onde estão? — zombei.

Até esse momento eu acreditava que podia brincar com o mestre, a provocação só iria inspirá-lo ao duelo e nós gostávamos do duelo, nós precisávamos do duelo, era a palavra que nos aproximava, mais que aproximar, a palavra nos identificava. Pablo respondeu:

— Elas são só namoradas, às vezes vagabundas, como aquela ali, Carmén Plata, a jornalista sem pudor — ele insistiu —, mas eu quero você, Irene, eu não sabia que eu amava você — falou ele, Pablo falou em amor, talvez pela primeira vez:

— O amor é uma invenção literária, professor — retruquei.

— Então, eu quero ser o autor dessa história — ele disse.

— A história que tínhamos para viver já foi escrita.

— Não, a história não foi até o fim.

— O fim já houve.

— Não para mim.

— Mas para mim, sim.

E Pablo foi repetindo as frases, as mesmas frases, foi me fazendo perguntas, foi me puxando:

— Você acha que sabe tudo, Irene, você não sabe tudo, não sabe — repetiu ele, me puxando, e mais me apertando contra seu peito, contra o que eu não expressei nenhuma reação, nenhuma reação firme, digamos, ora eu tentava me soltar, ora deixava Pablo me levar, era como se eu entregasse a ele — mais uma vez — a minha vida, era como se eu deixasse nas suas mãos o meu destino, e ele foi se aproveitando disso, da minha incompletude, da minha insegurança, ele foi se aproveitando, e cada vez com mais força, me puxando, meu corpo rodava — você acha que sabe tudo, Irene, você não sabe nada —, minha cabeça rodava, a essa hora eu já não sabia o que estava eu fazendo ali com aquele homem, eu via Antonio, eu queria Antonio, eu queria o que não estava ali, eu sempre queria o que não estava, e quando estava, eu era capaz de desprezar. — Você não sabe nem quem é você — Pablo me puxando, Antonio não estava, Antonio não tinha vindo, era Pablo, Pablo me puxando, mas eu queria o outro, o ausente — por que queremos sempre o que nos falta, senhores, por que não aproveitamos o que temos? Pablo, era ele que me levava, e eu fui, fui com ele até o meu quarto.

— Por favor, Pablo, você está bêbado, me solte.

Nesse momento, Pablo fechou a porta do quarto, pegou a chave e disse:

— Você acha que sabe tudo, Irene. Você não sabe. Você não sabe nem chupar um pau. Chupa o meu pau, Irene. Chupa o meu pau, — ele falava descontroladamente.

— Deixa de ser ridículo, Pablo, pare com isso.

— Você não sai daqui, Irene, você não volta para a sua festa, Irene, se você não chupar o meu pau até eu gozar.

Perdão, senhores, eu sei que as palavras chocam, as palavras e as situações, mesmo as que podem nos ser comuns na intimidade. Narrá-las é muito mais obsceno que vivê-las. Mas preciso ir até o fim dessa história, mesmo porque insisto em que a palavra é que foi a culpada. A palavra — não eu, não Pablo, não nós.

— Você está louco, Pablo?

— Agora você está certa. Eu estou louco, Irene, louco, velho, invisível, impotente. Você não disse que eu estou impotente?

Fiquei quieta.

— Disse ou não disse, Irene?

— Disse — fui obrigada a responder, minhas palavras também tinham apunhalado Pablo.

— Pois então, eu estou impotente e eu quero que você me faça gozar.

Respondi:

— Eu não quero, eu não posso — foi quando Pablo pegou minha cabeça com força e colocou minha boca no seu sexo.

— Pare de falar, Irene, cansei das suas palavras, cansei de duelar com você, o seu tesão por mim veio pelas palavras, já o meu não, o meu é pelo gozo, o meu é pelo sexo.

— Eu sei, professor, enquanto suas alunas queriam conquistá-lo, você queria comê-las — respondi, ainda atrevidamente.

— Pois eu quero que você sinta o gosto da minha porra, Irene. Eu não vou te envenenar, eu garanto, eu não vou te envenenar — repetia o professor, completamente descontrolado —, eu não vou te envenenar.

Não sei quanto tempo ficamos no quarto. Concluído o estupro, voltamos à sala. Carmén conversava animadamente com um grupo de amigos meus, totalmente alheia ao que pudesse estar acontecendo entre Pablo e mim. Quem ousaria pensar? O pequeno Juan dormia em uma das *bergères* da sala. Fingi que nada acontecera — era preciso manter a aparência de normalidade, a felicidade é uma exigência, ainda mais em uma festa. Voltei a dançar, a essa hora já não me lembro com quem.

Mas Pablo tinha me envenenado. Ele ou eu mesma.

— Você me disse que estava apaixonada, quem é, Irene? Quem é o homem que você deseja? Isso é verdade ou é mentira? Por que você não me diz quem é? — as perguntas de Pablo se superpunham às músicas. — Você não sabe o que quer, Irene, você não sabe quem é você.

Não me lembro exatamente do que aconteceu em seguida, senhores, mas posso imaginar, posso imaginar como uma cena de filme: um barulho forte, um grito, minutos depois uma sirene de ambulância, uma mulher é colocada numa maca, a maca é colocada apressadamente na ambulância, vemos um homem que insiste em entrar no veículo (aproximadamente 65 anos, usa um *blazer* sofisticado, parece estar bêbado), a porta da ambulância se fecha, a ambulância parte, a ambulância tem pressa, lá dentro a mulher, a sirene, a ambulância corta as ruas da cidade, é noite, uma noite de verão, é sábado, as ruas estão cheias, a mulher (50 anos, vestido de festa vermelho) está desacordada: ligada a vários aparelhos, ela respira com dificuldade, os enfermeiros da ambulância, agitados, fazem movimentos rápidos; a ambulância chega, enfim, ao hospital, o prédio é grande e moderno, a sirene, ensurdecedora, a maca é retirada da ambulância, a maca corta a calçada, transeuntes olham a mulher, as sandálias que ela usa são douradas, "belo vestido", chega a dizer uma moça, dois médicos vêm receber a paciente, eles parecem tensos, "deve ser gente importante", diz um senhor, "eles não fazem isso por qualquer um", a maca é rapidamente empurrada pelos corredores do hospital, o homem só agora salta da ambulância, ele cambaleia, ele tenta acompanhar a maca, a maca atravessa duas portas, chega à última, à porta da sala, a sala de cirurgia, a porta da sala se fecha, "proibida a entrada de estranhos", *close* na palavra estranhos, o homem, bêbado, insiste em entrar, enfermeiros o barram, ele se desespera, "é minha mulher, eu preciso ir com ela, o que vou fazer sem ela?"

"Stop, a vida parou" — avisou o poeta. *Shit happens*. "As palavras são de uma violência assassina", sim, ele tinha me avisado. "Você não conhece nem o homem com quem você vive", sim, ele tinha me avisado. Se foi a palavra ou o ato que causou o "acidente", se foram as perguntas que

Pablo me fez ou as respostas que não dei, se foi meu corpo ou meus pensamentos, se foi o acaso ou o destino, que importância tem? *Shit happens,*

A palavra não se conjuga mais. Sim, senhores, as coisas realmente mudam. *Shit happens.*

# XI

Saí do hospital numa manhã de sábado. Minha mãe e meu pai estavam lá e sorriram. Meus amigos estavam lá e sorriram. Pablo estava lá e sorriu. Para todos, eu era a mesma pessoa, os mesmos braços — embora mais finos —, o mesmo cabelo — embora mais ralo —, o mesmo corpo — embora mais magro. Tudo voltaria a ser o que era, "se Deus quiser", repetiam eles, "dos males o menor". Eles não percebiam — nem lhes interessava perceber — que a mulher que cruzava a porta do hospital não era aquela que tinha entrado ali, menos pelo vestido vermelho e sandálias douradas que pela alma, a mulher que estava ali era outra mulher, uma mulher sem palavras, uma mulher castrada.

Ao sair do hospital, não aceitei a companhia de ninguém. "Você está preparada?" Não, eu não estava preparada; como podia estar preparada? Eu me sentia orfã, eu me sentia um trapo. No entanto, era preferível poder sentir a tristeza sozinha a ter que ouvir "é preciso reagir, olhar para frente, podia ter sido pior, você teve sorte". Não, eu não tive sorte. O cavalo tropeçou e morreu, como o cavalo branco do circo, rodando, rodando, até se estatelar no chão e não mais levantar. Eu me estatelei e era preferível não ter plateia para minha dor. Chamei um táxi e mostrei ao motorista o endereço de minha casa, escrito em uma receita médica. Jamais me esquecerei do que senti naquela viagem de volta a casa. Era uma solidão do tamanho do mundo, não, senhores, era uma solidão maior que o mundo, era uma solidão que não cabia no mundo.

Uma nova *via crucis* começava ali. A *via crucis* do silêncio, da lenta recuperação, a *via crucis* da dor e da solidão. Mas não se preocupem, senhores, desse tempo vou poupá-los, não os levarei a percorrer este caminho, esse calvário é meu, só meu. Se nossa alegria não interessa nem a nossos amigos, a quem nossa tristeza pode interessar? Pois saltemos o tempo, vamos direto ao assunto.

Os senhores estão prontos?

Eu ainda dormia quando Antonio chegou a minha casa. Fiquei feliz: ele veio. Pela sétima vez Antonio veio, pela sétima vez ele veio me encontrar, pela sétima vez ele veio me amar. Antonio me abraçou. Chorei, pela primeira vez chorei com Antonio. Ali estava o homem com quem eu podia ter vivido uma outra vida. E, agora que o fim já se anunciava — é preciso saber ler os sinais —, aquele encontro era também despedida. Se não fomos, não podíamos mais ser.

Apesar de minha fraqueza e de nossa tristeza — evidentemente o encontro não era o que tínhamos imaginado sob os ipês-roxos e amarelos —, fomos para o quarto. Nós nos deitamos e dessa vez, senhores, em vez de fazer amor, choramos. Antonio ainda ousou me perguntar:

— E agora? Você já tem a resposta?

Sim, eu tinha. O tempo me trouxe a resposta, o tempo e o silêncio.

Logo a campainha tocou. Antonio se assustou. Eu me levantei, abri a porta. Pablo já entrou nervoso:

— Repensou, Irene? Vai morar comigo? Suas coisas estão prontas?

Rapidamente percebi que o professor estava, além de nervoso, bêbado. Àquela hora, início da manhã, de uma manhã de outono, de folhas vermelhas de amendoeiras pelo chão, o professor já estava bêbado — a crise era cada dia mais forte.

Sim, senhores, Pablo não foi a minha casa por acaso. Eu o convoquei, assim como convoquei Antonio. Eu convoquei os meus dois homens, Antonio e Pablo, homens que eu amei, cada um a seu modo — com um compartilhei o corpo; com outro, a mente. Antonio e Pablo, homens que me amaram, cada um a seu modo — de um aproveitei os abraços; do outro, as palavras. Meus dois homens, eu convoquei os meus dois homens porque eu precisava dizer a eles, a meus dois homens, que, se não fiz antes, não o faria agora; não escolheria um ou outro, não me interessava a cisão, por isso convoquei meus dois homens, para me despedir, para, por uma única vez, e provavelmente pela última vez, com os dois ali, com um e com outro, me desvencilhar, de um e de outro, já que não poderia mais ser um em três. Eu precisava sair do labirinto e seguir o caminho que era só meu, um outro caminho, sem um e sem outro, eu precisava dizer, senhores, dizer a meus dois homens que eu já não era aquela que eles conheceram, eu era outra, e não poderia continuar a ser uma imitação, dublê de uma mulher que não existia mais, uma falsificação. Escrevi aos meus dois homens que me deixassem ir — cruzar os pântanos e os vastos lamaçais de que falava o grande mestre, percorrer os longos caminhos com poeira e barro para encontrar o meu tesouro, para me encontrar, e não havia muito tempo para isso, antevi nas palavras do "médico brilhante" — *shit happens*.

Quando Pablo me fazia perguntas, tantas perguntas, tal e qual o professor em sala de aula, sem observar que a elas eu dizia não, da única forma como eu podia dizer não, balançando a cabeça, Antonio surgiu na sala.

Os senhores estão prontos?

Pablo olhou para Antonio e não se conteve:

— É esse cara, Irene? Seu primo lá do interior? Você está de brincadeira? — foi mais ou menos isso o que o professor disse. Eu não podia responder, o que só aumentava sua aflição, era como se eu não quisesse lhe responder.

Antonio não hesitou e, na sua masculinidade interiorana, respondeu:

— Irene agora é minha mulher, você não tem mais o que fazer aqui, volta pra sua terra, gringo.

"Gringo", a palavra venenosa, a palavra que Pablo não queria ouvir, a palavra que o diferenciava, a palavra que ele era obrigado a carregar — e que pesava como uma corrente de ferro agarrada a seus pés —, "gringo", a palavra maldita, o preconceito, o racismo, "gringo", o diferente que não aceitamos, o estrangeiro. Talvez Pablo tenha ouvido essa palavra com a sensibilidade de um cão — "gringo, gringo, gringo" —, aquela palavra continha tudo o que o professor não queria ser, era o xingamento à sua nacionalidade, xingamento à sua identidade, à sua personalidade, à sua estranheza, "gringo" era o veneno da cobra.

E assim, sem nada poder fazer, vi Pablo avançar em direção a Antonio, furiosamente, como o jogador de futebol na decisão da Copa do Mundo, ninguém entende, o grande jogador do mundo, um dos maiores jogadores do mundo perde o controle, ele perde o controle por uma palavra, e feito um boi, um touro, ele enfia sua cabeça na barriga do adversário, feito um louco, um touro — tudo por uma palavra, "apenas" uma palavra. Pablo, feito o jogador, avançou em direção a Antonio, feito louco, feito touro, feito o jogador, e respondeu:

— Quem é você para me xingar? O que você fez na vida? Dono de botequim. Você não vale nada, cara, você é uma pessoa insignificante, não sabe nada. Quem você pensa que é? — novamente, Pablo fazia perguntas, novamente ele se colocava na pele do professor que arguia os alunos, o professor que sabe tudo, o professor da palmatória. Coincidentemente, Pablo usava a mesma palavra que eu tinha ouvido de minha mãe quando menina — é preciso ler os sinais —, "insignificante", o adjetivo agora era dito de outra boca, de outra língua, do "gringo", mas com o mesmo sentido: menosprezo, rejeição, indiferença.

Acreditem, ainda àquela hora, eu julgava que os dois homens, meus dois homens, depois de trocarem palavras e insultos, meus dois homens, os meus homens, se calariam e me deixariam dizer, através da escrita, por que eu os tinha chamado ali. Mas eles não souberam me ouvir. Eles puxaram a rede antes da hora.

*Shit happens.*

Antonio olhou para Pablo e sem piedade respondeu:

— Eu sei muito bem quem eu sou e sei também muito bem quem você é. Você é um gringo, um velho, um brocha, um corno. E está bêbado.

Preciso dizer mais alguma coisa, senhores?

Pablo não suportou. Talvez um grito, um soco, uma cabeçada bastassem. Mas ele tinha a arma. Por que justo naquele dia, senhores? — quem haveria de supor? Pablo sabia que havia outro homem e, mesmo tendo diante dele uma mulher que já não era aquela com quem ele tinha vivido, insistia para que voltássemos a morar juntos. Mais do que me resgatar — eu, doente, fraca e dependente —, acho que ele queria se resgatar: o professor sedutor, o advogado poderoso, o homem jovem. Resgatar o passado — impossível. Destruir o presente — possível. Pablo tinha a arma. E a usou.

*Shit happens*, não é assim que os médicos justificam os acidentes?

Pois *shit happens* — fiquemos com isso. O triângulo amoroso, essa história tão comum que fez a literatura de todas as épocas, a traição, o amor e o ódio — eu busquei sair de tudo isso, mas a palavra se voltou contra mim. As histórias trágicas que minha mãe me contava se vestiram em mim. Eu não enrolei meus cabelos na máquina de fazer sorvete nem agonizei na estrada, mas eu não escapei, eu não escapei do drama. A palavra veio com tudo; foi titã, furacão, vendaval, avalanche; fez o que quis e o que não quis, mostrou sua língua, seu veneno, sua superioridade; a palavra rompeu o equilíbrio e deixou um rastro de sangue em minha casa e em minha alma.

"As palavras são assassinas", bem disse Pablo aquela manhã.

Antonio está morto, Pablo está preso, eu estou só. O silêncio se impôs.

É preciso mais alguma coisa, senhores?

Por quê? Por que comigo?

Mas por que não comigo?

Como o menino que responde ao santo que é mais fácil a água do mar caber no pequeno buraco que ele fez na areia do que entender o mistério da Santíssima Trindade, eu lhes digo: não adianta tentar entender. É como o sol: se insistirmos em fitá-lo, ele nos cegará.

Minha tristeza é imensa. Minha solidão é imensa. O que me motiva agora, senhores, é defender meu cliente, Pablo Hernandez, meu mestre. Meu argumento é um só: temos de reconhecer o poder da palavra. As palavras que nos levam aos céus são as mesmas que nos levam ao inferno. "Insignificante, impotente, você não sabe nem chupar um pau, você não vale nada, quem é você, um brocha, corno, velho, gringo." As palavras são provocadoras, senhores. Elas constroem castelos da mesma forma que desconstroem mundos. As palavras, senhores, as palavras são mel e fel.

A mim basta. Fui aonde não queria ir, tive de saber o que não queria saber, tive de possuir o que não me interessava possuir, tive de ser o que não queria ser, para chegar até aqui, para chegar até mim. Experimentei a escuridão, mas agora preciso me resgatar. Desfazer-me da cópia. Eu não sou minha mãe, não sou o ambiente bem-sucedido dos tribunais, eu não sou Paris, não sou Fanny, nem sou Nicole. Minha voz é outra — mesmo que feita de ausências —; meu tempo é outro —. mesmo que curto. E foi preciso ir tão longe, e foi preciso fazer minha *via crucis*, percorrer as 14 estações, para chegar até aqui.

Cheguei.

Recebam, senhores, o sacrifício desta minha confissão. Eu sei o quanto ela me custou. Eu sei as lembranças que ela me trouxe. Eu sei a saudade que ela me provoca. Duas letras cravadas nos ipês-roxos e amarelos. Duas letras cravadas no meu peito. E os ipês, os ipês roxos e amarelos.

Para salvar o mestre, segui à risca seu conselho: é preciso arrancar a biografia daqueles a quem nos propomos a defender, trazer a vida em sua plenitude, refazer em detalhes o percurso. Foi o que fiz e fui radical: trouxe minha vida aos senhores, para que dela os senhores extraiam a de Pablo.

Agora, preciso seguir meu caminho — é hora de esquecer. Novas estações virão. O perdão a Pablo será minha purificação, sinal de que a palavra me devolveu seu mel. "Não vos maravilheis se vos disser: é-vos necessário nascer de novo."

Quero ver os ipês florirem, ainda uma vez, nem que seja pela última vez. Em silêncio, sem poder dizer que prefiro os ipês-roxos aos amarelos. Em silêncio, sem ter a quem dizer que prefiro os ipês-roxos aos amarelos. Sem Antonio ao meu lado. Apesar de tudo isso, senhores, acreditem: quero viver. Quero ver meus ipês floridos, meus ipês-roxos e amarelos.

Que venha logo a primavera.

\* \* \*

*Este texto foi encontrado no quarto de Irene Reis Trindade, em sua casa na praia, na noite em que ela teve o segundo "acidente", sendo juntado aos autos do processo que buscava apurar a morte de Antonio Bento Trindade.*

*Irene chegou ao hospital ainda lúcida. Foi capaz de pedir para ficar no mesmo quarto onde, sete anos antes, esteve internada. De onde ela via os seus ipês, os ipês-roxos e amarelos.*

*Irene Reis Trindade morreu sem saber que suas palavras, mesmo que não ditas, continuariam a causar impacto, o mesmo impacto que fez dela uma advogada brilhante. O mesmo impacto que me encantou quando ela era minha aluna, e depois, durante anos, quando foi minha mulher. Não apenas fui beneficiado por suas palavras — tive minha pena abrandada —, como meu julgamento provocou o início de uma revolucionária mudança na Justiça Penal e nas relações sociais: as agressões verbais passariam a ter o mesmo tratamento das agressões físicas. Era o reconhecimento do poder das palavras.*

*Parafraseando Irene: a vida, senhores, é uma invenção da palavra — e não o contrário.*

*No princípio, era o verbo. No princípio, no meio e no fim, é o verbo.*

Este livro foi composto na tipologia Minion Pro,
em corpo 12/15,8, impresso em papel off-white 90g/m²,
no Sistema Cameron da Divisão Gráfica
da Distribuidora Record.